Rolf Krenzer

Habt acht auf Gottes Welt

Habt acht auf Gottes Welt

Geschichten, Gedichte,
Gedanken und Gebete

Herausgegeben von
Rolf Krenzer

Lahn-Verlag Limburg

CIP-Kurztitelaufnahme
der Deutschen Bibliothek

Habt acht auf Gottes Welt:
Geschichten, Gedichte,
Gedanken und Gebete /
hrsg. von Rolf Krenzer.
Limburg: Lahn-Verlag, 1986.
ISBN 3-7840-2655-9
NE: Krenzer, Rolf (Hrsg.)

Fotonachweis:

D.-B. Steinicke, Wittlich: Umschlag, S. 33, 49, 81, 89, 109, 149, 185;
Willi Rauch, Michelstadt: S. 9;
Dirc Nienhaus, Berlin: S. 13, 25;
Peter Friebe, Germering: S. 17, 37, 92, 117, 145, 161, 169, 173, 193;
Doris Klees-Jorde, Hainburg: S. 20, 53, 77, 101, 125, 129, 165;
Gertie Burbeck, Düsseldorf: S. 29, 61, 69, 73, 85, 97, 113, 121, 141, 177;
Bavaria-Verlag, Bildagentur, Gauting: S. 41, 105 (K. W. Gruber);
W. Schacht, Frasdorf: S. 45;
Anthony-Verlag, Starnberg: S. 57 (M. Wegler);
Hans Reinhard, Heiligkreuzsteinach: S. 137;
Presse-Bild Poss, Eisenärzt: S. 153;
Oswald Kettenberger, Maria Laach: S. 201.

Mitglied der Verlagsgruppe »engagement«.
Lektorat: Ursula Mock.
Umschlaggestaltung: Hans Otto, Pallottinerdruck.

Gesamtherstellung: Pallottinerdruck und
Lahn-Verlag GmbH, Limburg.

ISBN 3-7840-2655-9

VORWORT

»Halt meine Hand, großer Bruder Peter, wenn du mir die kranken Bäume zeigst...«, schreibt Gudrun Pausewang in einem der Texte dieser Anthologie. Autoren unserer Zeit zeigen mit ihren Beiträgen für dieses Buch eindringlich auf, wie der Mensch Gottes Schöpfung, die unter seine Verantwortung gestellt ist, mißachtet, mißhandelt und ins Verderben führt. Das Aussterben vieler Pflanzen- und Tierarten, die katastrophale Umweltverschmutzung sind nur einige deutliche Zeichen hierfür. Und der Mensch macht auch vor dem anderen Menschen nicht halt. Mit der Zerstörung der Umwelt, der Natur beginnt die Zerstörung des Menschen selbst. Die Texte zeigen auf, wie es heute um Gottes Welt bestellt ist.

Dagegen stehen Texte, die beispielhaft bezeugen, daß Menschen diese Zeitzeichen erkennen und zu handeln beginnen — im Vertrauen auf die Zusage Gottes und auf den Bund, den er einst und für alle Zeit mit dem Menschen geschlossen hat und der durch Tod und Auferstehung seines Sohnes Jesus Christus erneut bestätigt wurde.

Es sind gewiß keine einfachen Texte, die hier vorgelegt werden. Kinder, Jugendliche und Erwachsene sind die Autoren. Und es ist beklemmend, daß die Texte der Kinder, die stilistisch so einfach gestaltet sind, uns das, was um uns und mit uns geschieht, so drastisch vor Augen führen, weil Kinder noch nicht gelernt haben, fünf gerade sein zu lassen, sondern mit wachen Sinnen erkennen, was Erwachsene mit der Welt und dem Leben anstellen, die sie für sie bewahren und ihnen weitergeben sollen.

Kinder finden aber auch Lösungsmöglichkeiten, an die wir Erwachsenen gar nicht gedacht haben, beispielsweise Hannelore Freudenberg in »Eine Spiellandschaft geht verloren«. Vielleicht wird man darüber lächeln und — weil sie von Kindern gefunden werden — von »kleinen Lösungen« sprechen. Aber viele kleine Lösungen bewirken auch Veränderung. Ja, der Baum, um dessen Weiterleben die Kinder kämpften, steht immer noch.

Andere Texte befassen sich mit der Situation des Menschen in dieser Zeit und versuchen, scheinbar Wichtiges und Hauptsächliches nach sei-

nem tatsächlichen Wert zu hinterfragen und scheinbar Nebensächlichem neues Gewicht zu geben.
Das Buch wendet sich zunächst an Erwachsene und Jugendliche, aber auch an Kinder. Es bietet Texte an, die zum Nachdenken anregen und Gespräche bewirken sollen. Gespräche unter Erwachsenen, unter Jugendlichen und zwischen den Generationen. Beim Nachdenken und Diskutieren allein darf es nicht bleiben. Im Bewußtsein, daß es das ausdrückliche Gebot Gottes ist, Verantwortung über seine Schöpfung und seine Geschöpfe zu übernehmen, müssen wir endlich anfangen zu handeln, das heißt unser Verhalten zu ändern. Gott selbst hat uns und alle seine Geschöpfe gesegnet. Sein Segen liegt auf uns, wenn wir in seinem Auftrag handeln (vgl. Gen 1,28).

In der Dunkelheit
leuchtet uns auf ein Licht.
Und für alle Zeit
verlöscht dieses Leuchten nicht.
Bis in Ewigkeit
hält Gott, was er verspricht.
Durch die Dunkelheit
führt unser Weg zum Licht.

Eine weitere Anthologie unter dem Titel »Gebt mir Zeit zu leben« befaßt sich mit dem, was Gott uns Menschen aus Liebe schenkt und wie wir diese Liebe an unsere Mitmenschen weitergeben können.

Ich bedanke mich bei allen Autoren für ihre neuen Texte, die sie dieser Anthologie anvertrauen. Ich bedanke mich bei Verlag und Lektorat, die dieses Buch möglich machten.

Rolf Krenzer

Menschenkinder auf Gottes Erde.
Menschenkinder in Gottes Welt.
Daß Gottes Erde wachse, werde,
sind Menschenkinder zum Schutz bestellt.

Daß die Bäume hoch aufragen,
daß sie grüne Blätter tragen,
daß sie wachsen und gedeihn,
alle Bäume groß und klein.

Daß die Blumen jeden freuen,
daß sie wachsen und gedeihen,
daß ihr Duft bei Tag und Nacht
Gottes Schöpfung fröhlich macht.

Daß ein jedes Tier sein Leben,
das ihm selbst von Gott gegeben,
ungehindert leben kann,
gebt gut acht und rührt nichts an!

Daß ganz rein die Bäche fließen
zwischen Feldern, zwischen Wiesen.
Sauber fließt der Fluß daher,
sauber auch das große Meer.

Mond und Sonne in der Ferne.
Nachts der Himmel voller Sterne.
Gott schuf diese schöne Welt,
daß es allen hier gefällt.

Luft zum Atmen, Brot zum Leben.
Zeit und Raum von Gott gegeben.
Und Gott spricht: »Macht Euch bereit,
geht und wirket in der Zeit!«

Menschenkinder auf Gottes Erde,
Menschenkinder in Gottes Welt.
Daß Gottes Erde wachse, werde,
sind Menschenkinder zum Schutz bestellt.

Rolf Krenzer

Mit den Stimmen der Vögel rufst du uns

Gottes Schöpfung erfahren und erleben

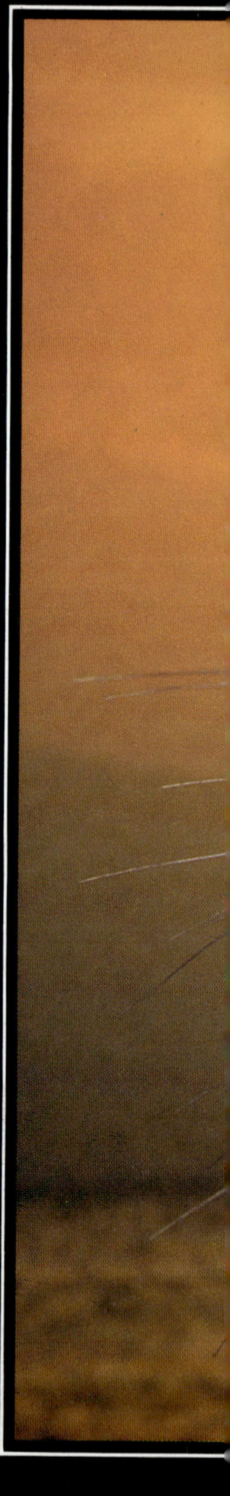

Kinder, Jugendliche und Erwachsene stehen staunend vor dem Wunder Schöpfung, das sich auch und gerade in den allerkleinsten Geschöpfen offenbart. »Weil die eine Blüte alle ersehnten Gärten in sich birgt«, schreibt Elisabeth Heck und gibt einen Anstoß, die Augen aufzumachen und das Wunder dieser Schöpfung zu erleben und zu erfahren. Jedes Geschöpf, das wir erleben, das wir auf- und annehmen, bewirkt in uns, daß wir uns dem Schöpfer zuwenden und ihm für all das danken, was er uns täglich schenkt. Deine Welt ist voller Wunder! Und jedes Wunder hast du geschaffen, heißt es im 104. Psalm. Wir hatten lange Zeit verlernt, diese Wunder mit staunenden Augen zu betrachten, weil wir alles als selbstverständlich ansahen. Wir können von unseren Kindern das Staunen wieder lernen, wenn wir uns für sie Zeit nehmen und mit ihnen gemeinsam Tag für Tag, Stunde für Stunde das Wunder der Schöpfung in unserem allerengsten Lebens- und Umweltbereich erleben. Dann werden wir dem »Bruder Hund« und der »Schwester Amsel« begegnen und wie Karlheinz in Frieder Stöckles »Morgen-Hoffnung« andere Geschöpfe entdecken, uns mit ihnen vertraut machen und spüren, welches Glücksgefühl ein solches Vertrautwerden mit einem anderen in uns selbst bewirkt. Auch das winzigste Geschöpf ist ein Geschöpf Gottes, lebt in seiner Ordnung, wird geboren, lebt und stirbt.

AUFWACHEN

Nun sehe ich wieder
wie der Himmel
die Erde
streichelt
und die Hände voller Schrunden
derer die die Arbeit
am Reiche
Gottes
noch nicht aufgegeben haben
Und im Schmerz
der ihre Augen verdunkelt
erkenne ich
die leidenschaftliche
Hoffnung
auf das Kommende
die Gesten
der Liebe
sind behutsam
und sprengen doch
alle Grenzen
machen bewußt
daß auch unsere Träume
zur Wirklichkeit gehören
wischen
den Schlaf
aus meinen Augen

schön ist der neue Tag
hell
scheint die Sonne
in mein Gesicht

Monika Schlieter

LIED FÜR JEDEN TAG

Wenn Dich auch keiner von uns sehen kann,
Du, der die Welt erschuf,
Du blickst uns aus jeder Blume an.

Es ist Dein Licht, das uns am Tag bewacht,
mit tausend Sternen blickst
Du aus dem Dunkel herab zur Nacht.

Ohne Furcht würden wir durchs Leben gehn,
könnten wir unsern Weg
einmal nur mit Deinen Augen sehn.

Hans Baumann

Frühling
weil der Eiszapfen
im Wind
mit Glockenton
an Hartes schlägt

Elisabeth Heck

FRANZISKUS UND DER FALKE

Unter dem Dach von Franzens Zelle in der Portiuncula hauste ein junger Falke. Er war in einer Gewitternacht zugeflogen und ließ sich nicht mehr vertreiben.
Jeden Morgen, lange bevor die Sonne aufging, begleitete der Vogel Franz von der Zelle bis zum Eingang der Kirche. Dort wartete er, bis Franz seine Andacht und sein Gebet beendet hatte.
Eines Tages aber verschlief der Heilige. Da hörte er plötzlich jemanden laut an die Zellentüre pochen. Franz stand erschrocken auf. Es war der Falke.
»Bruder Falke«, sagte Franz, »ich danke dir, daß du mich geweckt hast.«
Von diesem Tage an brauchte Franz keine Sorge mehr zu haben, er würde verschlafen. Der Vogel kam zur richtigen Zeit und weckte ihn.
Einmal aber war Franz krank und fühlte sich schwach und elend. Die Brüder verboten ihm, sein Lager zu verlassen.
»Laßt mich wenigstens die Morgenandacht halten«, bat Franz.
»Nein«, sagten die Brüder, »ruh dich aus!«
Franz lächelte. Der Falke wird mich schon zur rechten Zeit wecken, dachte er. Aber am andern Morgen wartete er vergeblich auf sein Pochen und Rufen. Erst als die Sonne schon am Himmel stand, setzte sich der Falke vor die Zellentür und ließ seine Stimme so fein wie ein silbernes Glöckchen ertönen.
Franz staunte.
Gott hat mir durch den Falken eine Lehre erteilt, dachte er. Geduldig blieb er nun auf seinem Lager liegen, bis er wieder gesund war.

Max Bolliger

Und wieder blüht der Fliederbaum
in duftend schweren Dolden.
Ein froher, lichter Frühlingstraum
will mir den Tag vergolden.

Ein Windstoß durch die Zweige streicht
und neigt sie zu mir nieder.
Das Herz wird mir so froh und leicht —
es blüht zu reich der Flieder.

Elinor Lange

EIN GEBET

Mit der Stimme
der Vögel
rufst Du uns
Gott
lockst uns
unermüdlich
aus der kalten
Winternacht
und wie mit weichen
Flügeln
streichelst Du
die Angst
aus unseren Herzen fort

wären wir nur
groß genug
Dir zu danken
in unserem ganzen
Reden und Tun
wir stammeln
geheiligt werde Dein Name!

Monika Schlieter

LIEBESLIED FÜR MEINE BIRKEN

Junge Birken, zarte, weiße,
grabe ich im Norden aus.
Nehm' sie mit mir auf die Reise,
bringe sie zu mir nach Haus.

Pflanze sie in meinen Garten,
dort, wo er am schönsten ist.
Und ich kann es kaum erwarten,
daß der Regen sie begießt.

Warte, daß es wärmer werde,
hoffe auf viel Sonnenschein,
daß die Birke in der Erde
wird bald angewachsen sein.

Einen langen Winter warten.
Endlich scheint die Sonne hell.
Alle Bäume in dem Garten
öffnen ihre Knospen schnell.

Meine Birken ohne Blätter.
Trostlos schaukeln sie im Wind.
Und es hilft kein Frühlingswetter.
Ob sie abgestorben sind?

Habe sie schon aufgegeben,
meine Birken vor dem Haus.
Da erwachen sie zum Leben,
und die Knospen schlagen aus.

Und ich weiß, daß auch im Norden
jetzt der Sommer wieder lacht.
Schön ist es bei mir geworden,
denn die Birken sind erwacht.

Sonne, scheine, und du rausche
kräftig in den Blättern, Wind!
Und ich stehe still und lausche,
und ich freu' mich wie ein Kind.

Rolf Krenzer

EIN PSALM FÜR KINDER VON DER SCHÖNEN WELT GOTTES

Wenn ich im Flugzeug sitze, Herr,
kann ich mir denken,
wie du einst die Welt geschaffen hast.
Dort rechts hast du den Wald gepflanzt,
daneben eine Wiese und
zwei Dutzend Kühe. Man kann sehen,
wie es ihnen schmeckt.
Und mit dem Zeigefinger
hast du einen Strich gezogen
von rechts nach links, hast aus dem Berge
am Horizont herausgelockt das Wasser.
Schon fließt es deinem Finger nach,
bis es das Meer erreicht,
das du gegraben hast.

Wenn ich im Flugzeug sitze, Herr,
kann ich mir denken,
wie du einst die Welt geschaffen hast.
Die Welt sieht sauber aus von oben.
Die Wolken sind wie frisch gewaschen.
Das Meer ist klar wie durch ein Sieb gegossen.
Der grüne Wald verrät noch nichts
vom Gift, das seine Blätter frißt.
Auch die Fabrikschornsteine tragen ihren Ruß
wie eine kleine Krone, die dir Freude macht.
Winzige Autos fahren hin und her
und Dieselloks und Schiffe mit Containern.
Sie alle wirken sauber, so, wie du sie meinst.

Wenn ich im Flugzeug sitze, Herr,
kann ich mir denken,
wie du einst die Welt geschaffen hast.
Nur eins versteh' ich nicht. Die Menschen sind
so klein geworden, wenn man aus dem Flugzeug sieht,
daß man sie nicht erkennen kann.
Wie nichts sind sie. Die Welt sieht aus
wie eine Erde ohne Menschen.
Und doch erkennst du mich,
und du erkennst den Vater und die Mutter
und Gisela, die in der Schule vor mir sitzt,
und Heinz, der gegenüber wohnt.
Du kennst uns alle, und du sorgst für uns
und hilfst uns, wo wir Hilfe brauchen,
und bettest uns in deine Liebe ein.

Wenn ich im Flugzeug sitze, Herr,
kann ich mir denken,
wie du einst die Welt geschaffen hast.

Dietrich Mendt

VOGELNEST IM APFELBAUM

Ich hab' in unserm Apfelbaum
ein Vogelnest entdeckt.
Beim vierten Ast, ihr glaubt es kaum,
da ist es gut versteckt.

Wenn ich an meinem Fenster bin,
dann bleib' ich lang dort stehn.
Vier kleine Eier sind darin,
die kann ich manchmal sehn.

Die Vogelfrau hockt auf dem Nest
und brütet lange Zeit.
Und wenn sie mal das Nest verläßt,
steht schon ihr Mann bereit.

Ich habe keinem Menschen von
dem Nest im Baum gesagt,
und habe Nachbars Katze schon
dreimal davongejagt.

Und was ich noch zu sagen weiß,
das hab' ich selbst gesehn:
Vier kleine Vögel piepsten leis.
Ein Wunder ist geschehn!

Die Eltern haben es jetzt schwer,
weil alle hungrig sind.
Sie fliegen eifrig hin und her
und füttern jedes Kind.

Es dauert nicht mehr lange Zeit,
dann sind die Kleinen groß.
Sie spannen ihre Flügel weit
und fliegen einfach los.

Jetzt warte ich aufs nächste Jahr.
Wie glücklich würd' ich sein,
zög' nächstes Jahr ein Vogelpaar
dort drüben wieder ein!

Rolf Krenzer

LEBEN

Unsere Sau hat geferkelt,
fünfzehn Ferkel hat sie geworfen,
hör es alle Welt!
Fünfzehn Ferkel, und alle munter,
und keinem fehlt ein Bein oder ein Ohr
oder der Schwanz.
Gestern abend erst zwölf,
um viertel vor elf noch zwei
und um Mitternacht dann das letzte.
Sie kamen heraus aus der Sau,
und schon konnten sie laufen.
Ein Wunder, ein richtiges Wunder!
Und die Zitzen haben sie auch gleich gefunden.
Dagegen sind wir Menschen nichts:
Wir brauchen ein Jahr,
bis wir laufen gelernt haben,
und im Zitzenfinden sind uns die Ferkel auch über.
Wirklich zum Staunen,
wie das alles so fabelhaft eingerichtet ist
bei den Schweinen.
Und jedes Ferkel trinkt immer
an derselben Zitze.
Aber unsere Sau hat nur vierzehn Zitzen
für fünfzehn Ferkel.
Da ist dir, lieber Gott, ein kleiner Fehler unterlaufen.
Na, mach dir darum keine Sorgen.
Es wäre doch gelacht,
wenn wir nicht trotzdem alle fünfzehn großkriegen,
hat meine Oma gesagt
und meine alte Babyflasche mit Milch gefüllt.
Jetzt sitz' ich auf der Schwelle vor dem Saustall
und hab' das Ferkel auf dem Schoß,
das allerkleinste von den fünfzehn.
Es liegt auf dem Rücken,
mit den Pfoten nach oben,
und nuckelt am Sauger, daß es nur so schmatzt.
Hannelore hab' ich's genannt, nach der Oma.

Ich bring' das schon in Ordnung, lieber Gott,
ich laß das Kleine nicht verhungern,
auch wenn du seine Zitze
bei der Sau vergessen hast.
Du kannst dich auf mich verlassen,
du, der so ein Wunder zustande bringt
wie eine Sau mit fünfzehn Ferkeln.

Gudrun Pausewang

DIE PFÜTZE

Auf der Straße ist 'ne Pfütze,
nicht zu groß und nicht zu klein.
Na, und unsre Annemieke
tappt da mitten rein.

Soll sie etwa brav vorbeigehn,
wo es doch so blinkt und blitzt?
Sagt, wozu sind Pfützen nütze,
wenn es nicht mal spritzt?

Rudolf Otto Wiemer

DEIN GARTEN

Wenn ich deinen Garten sehe,
fang' ich mich zu freuen an.
Und ich weiß, an meiner Freude
ist dein Garten schuld daran.

In dem Schatten deiner Bäume
fang' ich tief zu atmen an.
Und ich weiß, am freien Atmen
ist dein Garten schuld daran.

Wenn ich all die Blumen rieche,
fang' ich leis' zu singen an.
Und ich weiß, an meinem Singen
ist dein Garten schuld daran.

Höre ich das Wasser rauschen,
fang' ich leis zu lachen an.
Und an meinem stillen Lachen
ist dein Garten schuld daran.

Wenn ich frische Beeren esse,
ist dein Garten schuld daran,
daß ich ehrlich und von Herzen
fröhlich danke sagen kann.

Nehm' ich Abschied von dem Garten,
von den Blumen und dem See,
wünsch' ich mir, daß ich bald wieder
mit dir in dem Garten steh'.

Rolf Krenzer

SCHADE, DASS ES NICHT REGNET

Jochen liegt im Bett. Er macht seine Augen noch nicht auf. Sonntag, ich muß nicht zur Schule, freut er sich. Und er hofft: das Wetter soll schlecht sein. Sturm und Regen. Unbedingt.

Langsam öffnet er seine Augen. Da sieht er blauen Himmel hinter der Gardine. So ein Mist. Ganz klar, die Eltern werden keine Zeit haben, mit ihm ins Hallenbad zu fahren. Bei schlechtem Wetter wollten sie das tun. Bei gutem Wetter müssen sie den ganzen Tag arbeiten.

Und dann hört er seinen Vater. Es wird sechs Uhr sein. Zeit zum Schweine füttern. Die haben auch am Sonntag Hunger, genau wie die Pferde. Ob ich aufstehe und mitmache? überlegt Jochen.

Als er an die Schweine denkt, fallen ihm die neugeborenen Ferkel ein. Er will heute unbedingt mal in den Schweinestall und den Ferkeln Namen geben. Später wird Vater auf dem Trecker zum Heuwenden fahren. Am Nachmittag preßt er dann das Heu mit der Heupresse.

Jochen hat sich richtig wachgedacht. Ob die anderen auch schon wach sind? Im Zimmer neben ihm schlafen drei Kinder und im Zimmer daneben nochmal drei. Ne...!, von denen hört er keinen Ton. Das sind Ferienkinder. Sie kommen aus der Stadt hierher aufs Land und machen Reiterferien. Meistens Mädchen, und fast immer sind sie älter als Jochen. Die freuen sich über das gute Wetter, weil sie ausreiten können. Seit gestern sind sie hier. Zuerst rennen sie immer alle schnell in den Pferdestall. Genausoschnell sind dann gestern zwei Mädchen wieder rausgerannt. Berni lag nämlich vor den Pferdeboxen und zeigte die Zähne. Und Berni ist kein Dackel, sondern ein Bernhardiner.

Die Ferienkinder sind letzte Nacht lang wach gewesen. Jochen hat sich mit zu ihnen gesetzt. Sie haben viel erzählt, vor allem über Pferde und was sie alles unternehmen wollen. »Du hast es gut«, hat ein Mädchen zu Jochen gesagt. »Kannst immer reiten.« Als ob er dazu immer Lust hätte.

Mutter hat ihnen um zehn Uhr noch belegte Brote gebracht und sich mit auf die Bettkante gesetzt. Sie freut sich über die Feriengäste. Trotzdem stöhnt sie manchmal, denn sie machen schon eine Menge Arbeit. Obwohl sie ihre Zimmer ja selbst in Ordnung halten und mit Jochen und seiner Schwester die Pferde putzen. Aber Mutter muß in der Zeit viel mehr kochen, putzen und waschen, sich Spiele und Touren ausdenken.

Einmal hat Mutter zu Jochen gesagt: »Wir brauchen das Geld, das uns die Eltern der Ferienkinder bezahlen. Was wir auf dem Hof als Landwirte mit der Schweinezucht und den Feldern verdienen, reicht nicht.«

Zum Glück hilft Großmutter mit, die im obersten Stockwerk wohnt. Ohne sie könnte Mutter die Hausarbeit und den Garten gar nicht schaffen. Großvater ist schon vor zwei Jahren gestorben.
Mit nackten Füßen geht Jochen über den Flur und die Treppe hinunter. Durch ein Fenster sieht Jochen den Mähdrescher. Vater will ihn heute zur Probe laufen lassen. Morgen braucht er ihn zum Dreschen. Ob ich da mitmache, überlegt Jochen. Oder fahre ich morgen lieber mit Mutter in die Stadt zum Einkaufen?
Der Frühstückstisch in der Küche ist schon gedeckt. Elf Leute werden nachher um den Tisch sitzen. Seine Eltern, Oma, die Ferienkinder und seine große Schwester, die immer am längsten schläft.
Berni kommt und rennt Jochen vor Freude fast um. Der Hund ist größer und schwerer als er, braun mit weißen Flecken. Jochen setzt sich auf die Küchenfliesen und streichelt sein Fell. Plötzlich steht Mutter da. »Hallo ihr beiden«, sagt sie. Dann fragt sie Jochen: »Hilfst du mir beim Frühstück?« Er kocht nämlich immer die Eier. Achtzehn Stück hat er gestern aus dem Hühnerstall geholt. Mutter braucht sie als Frühstückseier und für den Kuchen. Die Milch nimmt er auch gleich aus dem Kühlschrank. Die bekommt er jeden Abend um sechs Uhr beim Nachbarn. Der hat nämlich noch Kühe. Sie haben schon lange keine mehr. Als das Wasser im Eiertopf kocht, legt er die angepikten Eier hinein. Er ist der beste Eierkoch in der Familie. Mutter vergißt manchmal, sie pünktlich rauszunehmen. Und dann gibt's Steineier.
Jetzt erscheint seine Schwester. Morgenblind tappt sie durch die Küche. Und von oben hört Jochen die ersten Ferienkinder. Gleich werden sie runterpoltern und was von Pferden erzählen. Auch Oma wird jeden Augenblick kommen. Sie sagt, daß sie den Kaffe durch die dicke Wand riecht und es dann einfach nicht mehr im Bett aushalten kann. Es wird mächtig viel Betrieb in der Küche sein.
Nur schade, daß es heute nicht regnet. Als Jochen das wieder einfällt, seufzt er. Naja, vielleicht klappt es am nächsten Wochenende, daß sie endlich mal ins Hallenbad können. Aber sowas klappt bei ihnen im Sommer fast nie. Ein richtiges Wochenende gibt's für seine Eltern eigentlich nur im Winter.
»Weißt du was«, sagt Mutter, »wir setzen uns heute Mittag auf unsere Räder und fahren zu Vati raus. Ich brat' Koteletts. Die nehmen wir mit und dazu was zu trinken. Und dann gibt's Picknick statt Mittagessen.«
Manchmal hat Mutter wirklich gute Ideen. Vielleicht ist es ja doch nicht so schlimm, daß es heute nicht regnet, denkt Jochen.

Achim Bröger

SCHLAFLIED FÜR POLLUX

Kleiner Kater, es wird Nacht,
du bist noch zu jung zum Mausen,
darfst im warmen Korbe hausen,
und das Licht wird ausgemacht.

Kleiner Kater, roll dich ein,
unterm Kopf die weiße Pfote;
auch dein Ball, der kleine rote,
wird in deinen Träumen sein.

Jede Nacht ist nur ein Tor,
und der Tag geht ein und aus.
Hörst du ihn im Schläferhaus?
Leise zucken Schwanz und Ohr.

Kleiner Kater, einer wacht,
wenn um uns die Träume ranken;
er hat dich und mich erdacht,
und ich will ihm dafür danken.

Christa Peikert-Flaspöhler

SCHWESTER AMSEL

Ist sie leichtsinnig, oder hat sie großes Gottvertrauen? Die Frage läßt sich schwer beantworten. Aber eines ist sicher: Sie hat für ihr Nest keinen geschützten Platz gewählt. Will sie wirklich hier brüten und ihre Jungen aufziehen — auf der Terrasse zwischen zwei Blumenstöcken? Zum Glück ist der Ort nicht zugänglich für Katzen. Auch kleine Kinder spielen nicht auf der Terrasse, sie gehört zur Wohnung einer alleinstehenden Frau. Und diese Frau leidet nicht an Putzwut. Auch das ist wichtig, denn ohne ein bißchen Schmutz wird es nicht möglich sein, eine ganze Vogelfamilie zu beherbergen.

Schwester Amsel ist scheu. An den Lärm des Verkehrs mitten in der Stadt hat sie sich zwar gewöhnt. Aber Menschen in ihrer Nähe erschrecken sie. Wenn die Frau auf die Terrasse kommt, flattert die Amsel aufgeregt schimpfend davon und läßt ihre Eier im Stich. Bedrohlich scheinen nur Menschen zu sein, sonst läßt sie sich beim Brüten durch nichts stören. Wind und Regen erträgt sie gelassen.

Eben läßt sie ein Unwetter über sich ergehen. Durch das Fenster beobachtet die Frau, wie der kleine Vogel tapfer seine Eier schützt. Der heftige Regen muß ihm weh tun. Und jetzt fallen auch noch Hagelkörner. Die Frau geht hinaus mit einem alten Regenschirm und hält ihn schützend über das Nest. Ruhig bleibt die Amsel sitzen und schaut ihre Schwester aus der Menschenwelt an. Und dann — es klingt wie eine Legende vom heiligen Franz —, dann bleibt sie auch nach dem Regen ruhig sitzen und hört zu, wie die Frau mit ihr spricht. Und sie vergißt nicht, was die Frau für sie getan hat. Wenn sie auf die Terrasse kommt, läßt Schwester Amsel sich nie mehr stören oder erschrecken. Jeden Tag darf die Frau die Amsel besuchen und miterleben, wie zwischen ihren Blumentöpfen die Amselkinder ausschlüpfen und aufwachsen. Von unserer Gesinnung spüren Tiere wohl mehr als wir glauben.

Ursula Burkhard

BRUDER HUND

Wenn ich von meiner Begegnung mit Bruder Hund erzähle, wundern sich die Zuhörer und finden die Geschichte nett oder gut erfunden. Sie ist aber wahr, ich habe sie wirklich so erlebt.
Ich lernte Bruder Hund in einer Berufsschule für Sehbehinderte kennen. Wir arbeiteten beide dort: Er als Führhund und ich als Lehrerin. Seine Leistungen beeindruckten mich. Einen blinden, schwerhörigen Mann, der unterwegs noch mehr Orientierungsschwierigkeiten hatte als Blinde mit gesunden Ohren, brachte er jeden Tag sicher in die Schule und von da wieder nach Hause. Auch andere Wege legten die beiden zusammen zurück und unternahmen sogar Reisen. Bruder Hund hatte das Führen in einer Schule für Hunde gelernt. Er konnte aber auch Dinge, die ihm niemand beibringen oder zumuten wollte, und darüber wunderte ich mich besonders.
Ich erlebte damals viel Schweres und war oft traurig. Vor anderen Menschen konnte ich das verbergen, aber Bruder Hund ließ sich nicht täuschen. Tröstend legte er seinen Kopf in meinen Schoß oder kuschelte sich wie liebkosend an mich. Einmal schmerzte mich das rechte Bein, ich konnte es fast nicht mehr aushalten. Das kam von einer Durchblutungsstörung. Eine Stelle war hart, der Arzt sagte, ich müsse aufpassen, daß da keine Wunde entstehe. Wie konnte Bruder Hund das wissen? Roch er Krankheiten? Er kam zu mir und schnupperte an meinem Bein herum, bis er die schmerzende Stelle gefunden hatte. Sollte ich ihn gewähren lassen oder durch ein Spiel ablenken? Ich blieb sitzen und ließ mich von ihm behandeln. Seine Spürnase hatte herausgefunden, wo die schmerzende Stelle war. Jetzt betastete er sie mit seiner feuchten, warmen Zunge, sorgfältig wie ein untersuchender Arzt, und dann spürte ich durch meinen Strumpf, wie er ganz zart leckte. Eine lange Zeit leckte er, bis der Schmerz nachließ. Ich streichelte ihn und dankte für seine Hilfe. Das verstand er sicher auch.

Ursula Burkhard

WANDERUNG

Und als wir so gingen
leicht und froh in den Morgen hinein,
als wir die ersten Höhen erklommen hatten
da schien es uns,
als schwebten wir schwerelos über den Wolken
weit waren wir dem Alltag und den Menschen entrückt
frei von Ängsten und Zwängen,
ganz eins mit der Natur
Sonne, Wind und Berge in uns aufsaugend
erlebten wir die vollkommene Einheit der Natur
und diese gemeinsam erlebten Augenblicke
wurden für uns zur Ewigkeit
erfüllt kamen wir am Abend heim
unfähig, das Erlebte in Worten auszudrücken.

Gundula Menking

IM JULI

Vollgesogen mit Julisonne
hat sich der Stein
und wärmt noch meine Hand,
wenn die Nachtkühle
vom Bach aufsteigt.
Herr, schenke uns, daß wir Wärme verströmen
noch lange,
wenn die Nacht uns überfluten will
mit Dunkel.

Barbara Cratzius

FREIHEIT FÜR ZWEI KLEINE SPATZEN

»Erlaube den Vögeln, dich glücklich zu machen!« rief die alte Frau und hielt mir zwei winzige Spatzen hin, die in einem ebenso winzigen Bambuskörbchen gefangen waren. An ihrem Stand hatte sie viele davon. Sie bot sie allen an, die nach Chiang Mai, der nördlichsten Großstadt Thailands, gekommen waren, um die dreihundert Stufen zu dem Wat Doi Sutep hinaufzusteigen, einem der prächtigsten Tempel des Landes. Fünfzehn Baht wollte sie haben. Das sind rund zwei Mark.

»Erlaube den Vögeln, dich glücklich zu machen, und lasse sie frei!«

Ich wollte den beiden Vögelchen die Freiheit schenken. Ich zahlte und nahm behutsam das Körbchen, öffnete und freute mich mit den beiden kleinen Spatzen, die sogleich zwitschernd und tschilpend davonflatterten und sich auf einem Zweig hoch über mir niederließen. Dort saßen noch mehr Vögel, denen andere Menschen ihre Freiheit geschenkt hatten. Ein wenig unsicher und ängstlich hockten sie da, vielleicht noch nicht wissend, was sie mit ihrer eben geschenkten Freiheit anfangen sollten.

Da gewahrte ich neben dem Stand an der Treppe einen Korb, gefüllt bis zum Rand mit goldenen Körnern. Und ich entdeckte die vielen kleinen Spatzen, die rundherum auf den Bäumen saßen, fröhlich tschilpten und dann nach und nach zu dem Korb mit dem verlockenden Futter herangeflogen kamen, pickten und sich ohne Scheu willig von der Frau wieder einfangen und in ein neues Bambuskörbchen sperren ließen. Sie hatte so viele davon.

Auch meine beiden Spatzen, denen ich für fünfzehn Baht ihre Freiheit erkauft hatte, kehrten zu dem Teller zurück, pickten eifrig die Körner auf und ließen sich ohne ängstliches Flattern von der ihnen wohlbekannten Hand wieder einfangen und in ein neues Bambuskörbchen setzen.

Ich hatte ihnen die Freiheit geschenkt. Freiheit für zwei kleine Spatzen, für zwei Mark erkauft.

Jetzt suchten sie wieder ihr gewohntes Futter, die vertraute Stimme, die sie zärtlich lockte und die gewohnte Enge des kleinen Bambuskörbchens. Hier fühlten sie sich geborgen. Sie waren schon sooft davongeflogen und immer wieder zurückgekommen.

»Erlaube den Vögeln, dich glücklich zu machen!« rief die alte Frau erneut und hielt meine beiden Spatzen in ihrem winzigen Körbchen einem anderen hin.

Waren es meine Spatzen? Ich wußte es nicht mehr. Es waren so viele Bambuskörbchen und so viele zwitschernde und tschilpende Spatzen darin.
Ich weiß nur, daß ich für einen Moment glücklich war. Wirklich glücklich, als ich den beiden Spatzen ihre Körbchen geöffnet und ihnen nachgeschaut hatte. Ich hatte mich gefreut, als sie sich auf dem kleinen Zweig hoch über mir niederließen.
»Erlaube den Vögeln, dich glücklich zu machen!«
Mir bleibt das Bambuskörbchen als Erinnerung.

Rolf Krenzer

TOTER VOGEL

Ein Vogel, tot, aus dem Nest gefallen.
Weit offen der Schnabel, gekrümmt die Krallen.
Noch färbte sich nicht sein junges Gefieder,
noch sang er keins seiner Flötenlieder.
Nie wird er sich hoch in die Wolken heben,
nie wird er den Sommer, den Herbst erleben.
Nie wird er selber ein Vogelnest haben.
Komm, toter Vogel, laß dich begraben.
Stumm hocken wir. Und keins mag mehr lachen.
Ach, könnten wir dich lebendig machen.

Rudolf Otto Wiemer

ERDE

Fundament, auf dem wir bauen
Beständiges, auf dem ich gehe und stehe
Bett, das mich wieder aufnimmt,
wenn ich sterbe.

Erde
im Frühling: ein aufgelockertes, fruchtbares Beet, das junge Pflanzen hervorbringt...
im Sommer: ein von der Sonne ausgetrockneter Grund, der Pflanzen tief in sich wurzeln und reifen läßt...
im Herbst: ein Boden, der herabfallende Früchte und Laub wieder aufnimmt...
im Winter: bereit, alles aufzunehmen, was von außen kommt: Samenkörner, Pflanzen, Wasser, Dünger, Licht, selbst den Pflug.

Sie empfängt und bietet Grund und Halt und verwandelt Empfangenes in Leben.
Im Licht lebt und reift das, was in der Erde getragen und gehalten war.
Wachsen geschieht immer wieder nach beobachtbaren Gesetzmäßigkeiten: Vergehen und Neuwerden, Geben und Nehmen, Ruhen und Aktivsein.
Die Erde lebt im ständigen Wechsel von außen nach innen und von innen nach außen.
Im Innern liegt die Kraft verborgen, die zum Leben verwandelt.
Sieht die Erde im Winter auch leblos aus, sie steckt doch voller Wirkkräfte.

Unser eigenes Geheimnis geht uns noch mehr auf, wenn uns bewußt wird, daß wir nicht nur zur Erde gehören, sondern selber Erde sind.

Berti Bergs

ICH BIN ERDE

manchmal Beet mit sprießenden Pflanzen
manchmal Grund, der Pflanzen wurzeln läßt
manchmal Halt bietend
manchmal hart, so daß kein neuer Samen keimen kann.
manchmal steinig und kalt
manchmal lehmig
manchmal sandig und durchlässig
manchmal bergend
manchmal verschlingend
manchmal geballte Kraft
manchmal ruhend
manchmal brach
manchmal undurchdringlich
manchmal leblos, trocken und dürr.

Berti Bergs

Eines Tages, Herr,
werde ich die Brachzeiten meines Lebens aushalten
werde ich warten und mich der Erde anvertrauen können
werde ich mit meiner Angst leben
werde ich wieder zur Ruhe kommen
wirst du alles Erstarrte zu neuem Leben wecken
wirst du meine Wüste blühend machen
werde ich ein Mensch sein, der dich versteht
werde ich die andern Menschen verstehen
werde ich zu dir gehören
wirst du mich bergend aufnehmen

Aber bis dahin, Herr, sei du Licht und Schutz.

Berti Bergs

ERDKÄSTCHEN

Hast du dich nicht schon mal gefragt: Wie wächst was? Wo wächst was? Und ganz spannend? Was wächst, wenn man gar nichts macht? Wenn nur die Erde da ist, sonst nichts!
Mit Erdkästchen kann man es ausprobieren:
Man braucht eine kleine Holzkiste und etwas Erde, die man von jeder Baustelle holen kann. Die Erde muß aus der Tiefe stammen, es sollten keine Keime und Samen von Pflanzen dabeisein. Sonst funktioniert das Erdkästchenspiel nicht.
So. Nun füllt man die Kästchen mit Erde an, gleichmäßig und locker. Nicht stampfen, auch kein Wasser dazutun.
Und jetzt probiert ihr was aus: die Kästchen kann man an verschiedenen Stellen aufstellen:
Mitten im Wald, irgendwo an einer geheimen Stelle eingraben, und zwar so, daß Kästchenerde mit der Walderde gleich ist.
Irgendwo auf einer Wiese. Eingraben wie im Wald, mit der Wiese auf einer Höhe.
Mitten in einer Großstadt. Der Balkon eines Hochhauses ist besonders geeignet.
Nachdem die Erdkästchen aufgestellt sind, wird nichts mehr mit ihnen gemacht. Nichts mehr! Kein Wasser, kein Dünger. Und kein Pflänzchen in die Nähe bringen. Einfach stehenlassen.
Schreibt ihr auf, was jetzt wohl mit den Kästchen passieren wird? Welche Pflanzen wachsen werden — ob überhaupt welche wachsen werden?
Vielleicht macht ihr eine Liste und pinnt sie an die Wand.

Und nun muß man sich halt so lange gedulden, bis die ersten Pflanzen wachsen. Aufschreiben und mit der Liste vergleichen! Das Kästchen muß immer an derselben Stelle bleiben. Es darf nicht verändert werden.

Wie wird es den einzelnen Kästchen ergehen?
Das Waldkästchen wird sich mit der Zeit auflösen. Die Ränder und Übergänge werden allmählich verschwinden. Irgendwann wird jede Spur verwischt sein. Aufschreiben!
Wie wird es dem Kästchen in der Stadt ergehen? Euer Freund, euere Freundin soll euch schreiben, sie wohnen in der Großstadt und beobachten das Erdkästchen. Was wird wohl passieren?

Frieder Stöckle

Heimat
ist dort
wo ich
unlösbarer Teil
der Schöpfung
sein kann
wo
alle Zerteilungen
sich auflösen
wo
ich einatme
woher ich komme
und
wohin ich gehe.

Heimat
das ist der Ort
der Rückkehr.

Fritz Köbler

GEBORGEN

Hast du schon mal nachts am Strand gestanden,
weit entfernt vom letzten Fischerhaus,
wenn das Mondlicht Silberbrücken in die Dünung malt,
ferne Feuerbojen wie die Sterne blinken
und der weite schwarze Himmel dich umfängt,
so wie eine große Hand, die alles hält?

Meinolf Schübeler

GEBET

In der Dämmerung
leben wir
Herr
selbst
an hellen Sommertagen.
Weit
reicht unser Blick
über Täler und Höhen
über die Felder
und das Häusermeer
bis hinauf
zur Sonne.
Aber
mein Herz
sieht nicht einmal
den nächsten Schritt
meines Weges
unverhüllt
weil es ihm an Licht
mangelt.

Fritz Köbler

DU SUCHST?

Du suchst Geborgenheit
Du suchst Wärme
suchst einen Menschen, der dich versteht?
Du suchst ein Licht im grauen Alltag
suchst einen, der dir zuhört?
Du suchst Freude?
Du suchst dich?

Übergib dich der Stille eines Waldsees
Wandere durch einen tiefen Wald
Laß dich einmal ganz fallen
Laß sich die Wirrnis deiner Seele glätten
Lausche auf die Stimmen der Tiere
die Stimmen des Windes, des Wassers
Horche auf die Regungen deines Herzens
Wandere durch den Nebel deiner Gedanken
auf den geheimnisvollen Pfaden
deiner Seele
bis du an eine Quelle kommst:
Rein und klar
und nie versiegbar!
Sieh die kleine rote Blume
auf der grauen Mauer.
Freu dich über das Lachen eines Kindes,
denn es ist ein Geschenk
Lerne es, zuzuhören
Schenke Vertrauen
Schenke die Liebe und Wärme
aus der reinen Quelle deines Herzens
— und plötzlich findest du dich wieder
in einer veränderten Welt
Gib dich ihr freudigen Herzens hin
nimm sie schnell in Besitz
teile sie mit allen
laß sie nie wieder los!
Diese veränderte Welt.

Gundula Menking

ERLAUBNIS

Erlaube den Vögeln, dich glücklich zu machen.
Erlaub es den Blumen auch, dich zu erfreun.
Erlaube den Kindern ein sorgloses Lachen
und stimme mit ein, dann wirst du's nicht bereun.

Erlaube den Früchten, daß satt sie dich machen.
Den Durst dir zu löschen, erlaube dem Wein.
Erlaub deinen Freunden, noch mit dir zu wachen.
Erlaub dir's, für andere jetzt dazusein.

Erlaub' dir's, noch ehrlich zu weinen und lachen
und trotz deines Alters ein Kind noch zu sein.
Erlaube es Gott, über dich stets zu wachen,
und schließe den Dank in dein Beten mit ein.

Erlaube dem einen, sich um dich zu sorgen.
Erlaube dem andern, dir dankbar zu sein.
So bleibt dir der Sinn deines Seins nicht verborgen.
So bringst du dich selbst in dein Leben hinein.

Rolf Krenzer

Weil die eine Blüte
alle ersehnten Gärten
in sich birgt

Elisabeth Heck

DIE KASTANIE

Daß ein Ding
so stachelig sein kann,
wie die Kastanie,
ist staunenswert,
und ich staune darüber.

Daß ein Ding
so braun sein kann,
wie die Kastanie,
ist reizend,
und ich lächle darüber.

Daß ein Ding
so glänzend sein kann,
wie die Kastanie,
ist schön,
und ich freue mich darüber.

Daß ein Ding
so rund sein kann,
wie die Kastanie,
ist wunderbar,
und ich wundere mich darüber.

Gertrud Lorenz

In einem Tropfen Wasser
spiegeln tausend Welten sich
und preisen unscheinbar
und unbemerkt
die Größe deiner Schöpfung,
Herr.

Fritz Köbler

MORGEN – HOFFNUNG

Karlheinz hatte noch Zeit. Er war um 7 Uhr schon aus dem Haus gegangen, seine Mutter hatte einen Termin beim Arzt, und allein war er nicht gerne zu Hause. Obwohl er erst in der zweiten Stunde Unterricht hatte, ging er schon kurz nach 7 aus dem Haus. Mal sehn. Irgendwas Interessantes würde sich schon ereignen. Vielleicht ein Bagger? Vielleicht war am Teich was los?
Karlheinz schlenderte die Straße hinunter und überlegte, wo er die Zeit bis zur zweiten Stunde verbringen könnte. Zum Teich, entschied er und lief quer über die Straße in die Kanalgasse hinein.
Der Teich dampfte. Sah aus wie eine riesige Waschküche. Und die Sonne sog den Dampf an, saugte ihn auf.
Karlheinz setzte sich auf einen umgesägten Baumstamm und betrachtete mit zusammengekniffenen Augen die Wasseroberfläche, die jetzt immer deutlicher zu sehen war. Die Schwäne? Wo waren denn heute die Schwäne? Karlheinz hatte ihnen nämlich immer irgendwas, Brotreste, ein Stück Brezel oder bloß Gras, gebracht. Und da sah er, wie die beiden Schwäne langsam quer über den Teich geschwommen kamen. Majestätisch wie Schiffe zogen sie über das Wasser. Und zwischen ihnen, wie braune Federbällchen, schwammen mit fistelig hohen Piepstönen drei ganz junge Schwänchen. Die waren noch keine acht Tage alt.
»Schorsch, Hans, komm, hierher, hierher!« schrie Karlheinz und packte so schnell er konnte sein Vesperbrot aus. Die kleinen Schwäne mußte er unbedingt aus der Nähe betrachten! Ob die wohl zappeln würden, wenn man sie in die Hand nehmen würde? Wie zart waren die Federn. Froren die denn nicht im Wasser? Und aus was waren denn die winzigen gelben Schnäbel?
Schorsch und Hans schnappten nach dem Brot, verschluckten es würdevoll und segelten dann mit ihren Jungen wieder quer über den See, zurück zu ihrem Platz. Und plötzlich durchströmte Karlheinz ein unendlich schönes und starkes Gefühl. Ich werde die jungen Schwäne jetzt sehen können, sooft ich das will. Und ich werde Futter bringen, und vielleicht werde ich sie fotografieren. Wer weiß, vielleicht werden sie sogar zutraulich. Er spürte, wie er, sein Leben und das Leben der Schwäne zusammengehörten, und ganz langsam ging er weiter, das Glücksgefühl war wie eine Glaskugel, leicht und zerbrechlich.
Und als er später ins Klassenzimmer kam, wurden einige Mitschüler unsicher. Hatte denn Karlheinz heute Geburtstag?

Frieder Stöckle

SONNENBLUMEN

Ihre
Köpfe
sind zu schwer
für die Schäfte
trunken
von tausend Sonnenstrahlen

Meinolf Schübeler

IM SÜDEN

Die Schwalben tragen
Sonne unter ihren Schwingen.
Das Grün der Weinblätter
zittert im heißen Mittagswind.
Die Bläue des Himmels
hat die Wetterwolken vergessen,
und meine Seele singt
Sommerchoräle.

Barbara Cratzius

UNVERZAGTES BLÜHEN

Die Schwärze des Moores
dunkel im Schatten der Tanne
verweigert die Farbe.
Aber noch aus der Finsternis
treibt es hervor
Wollgras
fahlweiß, zitternd
im feuchten Abendwind.
Und sieh – am Rande
des Rinnsals
neben dem moorigen Stein
der Halt gibt dem tastenden Schritt
blitzt mir Sterngras entgegen
kleinzackig
unverzagt blühend.

Barbara Cratzius

Späte Sonne
berührt behutsam
die letzten Blätter
am herbstlichen Baum
pflückt sie wie Blumen
für einen Altar

Elisabeth Heck

DIE GEHEIMFORMEL

Micha ist neugierig. Er deckt immer etwas auf. Und weil er oft Glück hat und etwas findet, steigert sich seine Neugier ständig. Unter einem großen Rhabarberblatt hat er einen toten Maulwurf entdeckt, und unter einem Mülleimer am Hauptbahnhof ein Kaleidoskop, das noch funktionierte.

An einem regennassen Septemberabend ging er an einem riesigen Acker entlang und fand eine Pfeilspitze aus der Steinzeit! Hoch droben in einer Eichenkrone entdeckte Micha einen Jägerhut, der mindestens hundert Jahre schon dort hing. Oft hatten Vögel ihr Nest in den Filz gebaut. Micha ließ den Hut hängen, merkte sich aber die Stelle — wie er sich überhaupt angewöhnt hatte, alle Entdeckungsstellen festzuhalten, in seinem Buch »über Fundsachen«.

Bei Jahresausflügen und Wanderungen, bei Lerngängen und Schnitzeljagdgetümmel war Micha immer hinten. Am Schluß. Wer sucht, braucht länger, bleibt stehn, guckt hin. Wer was finden will, darf sich nicht beeilen.

Und dann fand Micha eine Nachricht. Unter einer Rinde! Ja, wirklich, *unter* einer Rinde!

Eine hochgewachsene Fichte hatte sonderbare Risse in der Rinde. An einigen Stellen fehlte die Rinde ganz. Der nackte Stamm kam darunter zum Vorschein. Micha ging hin und klopfte mit dem Knöchel des Zeigefingers vorsichtig die fragliche Rindenplatte ab. Es klang hohl. Eigenartig leer und hohl. Ähnlich wie ein Faß. Vorsichtig klappte Micha das Rindenstück zurück und stieß auf das Wort *Liebe.*

Das Wort war klar zu lesen. *Liebe,* überlegte Micha, vielleicht liebt mich jemand und möchte es mir nicht sagen? Das ist aber nett.

Liebe — ob das vielleicht eine Nachricht für mehrere, für alle Menschen ist? Oder eine Geheimformel?

Aber das kann kaum sein. Das Wort kennt ja jeder, überlegte Micha. In fast allen Schlagern kommt es vor. In Filmen, überall!

Liebe — was könnte das wohl bedeuten?

Frieder Stöckle

AM FLUSS EINE BLUME...

Viele Eindrücke im Laufe eines Lebens prägen sich ein und bleiben das, was wir oft bis ins hohe Alter als »Erinnerung« behalten. Es ist ein unverlierbarer Schatz, und jeder besitzt ihn! Aus diesem Reichtum will ich Euch erzählen.

Meine frühen Erinnerungen ranken sich um das Wasser. Ihr alle kennt Bäche, Flüsse, Teiche mit Schwänen, vielleicht auch das Meer. Darum könnt Ihr mich gut verstehen, wenn ich sage: Wasser — das ist etwas Wunderbares, Großartiges, Lebendiges; auch etwas Gefährliches, Bedrohendes, ja, etwas Zerstörendes.

Ich erfuhr das alles, als ich vier Jahre alt war. Und von da an begleitete mich das Wasser durch meine Kinderjahre.

Mein Vater hatte eine Wassermühle an einem Fluß am Fuße des Kyffhäuserberges. Er heißt Unstrut, und wenn Ihr dem Namen nachhorcht, ist da einiges drin von dem, was ich vorhin über das Wasser gesagt habe.

Ich sah den Fluß von früh bis spät. Ich sah ihn im Frühling, wenn die Weiden Kätzchen trugen; im Sommer, wenn die Hitze über dem Ufer flimmerte, im Herbst, wenn der Nebel über dem Wasser lag, und im Winter, wenn ein zartes Eis die Ränder bedeckte.

Der Fluß trieb unser Mühlrad, und wenn in einem trockenen Sommer das Wasser sank, stand die Mühle still, und der Vater hatte Sorgenfalten auf der Stirn. Alljährlich um die Schneeschmelze trat der Fluß über die Ufer, überschwemmte unseren Hof, den Garten, die Wiesen, und in manchem Jahr stand das Wasser in den Ställen, in der Küche und im Hausflur. Dann hieß es, das Vieh retten und über die höher gelegene Dorfstraße zum Nachbarn treiben. Wild und feindlich rauschte der Fluß dann und bedrohte alles, was ihm in den Weg kam. Nach Tagen kehrte er in sein Bett zurück und hinterließ Schlamm und Unrat.

Ich stand oft auf der Mauer und schaute in das schäumende Wasser, wie es nach getaner Arbeit unter dem Mühlrad hervorschoß und weitereilte. Ich saß auf der Wiese unter den Pappeln und erschauderte vor der Gewalt, mit der das aufgestaute Wasser über das Wehr hinunterstürzte.

Und eines Tages entdeckte ich etwas. Dort, wo eine mächtige Pappel ihre starken Wurzeläste bis in das Wasser streckte, wuchs eine Blume hervor. Vom Schaum der auslaufenden Wellen umspült, schickte sie ihre scharfen, geraden Blätter aus dem sandigen Boden und ließ eine Blüte ahnen. Noch war es eine dicke Knospe mit hellem Schimmer, wie in einer Blattscheide geschützt. Aber da mußte etwas Zauberhaftes verborgen sein!

Von dieser Stunde an hütete ich ein Geheimnis. Niemand sollte es wissen. Es war m e i n e Blume, und ich erwartete täglich das Wunder, wie sie aufblühen würde — nur für mich.
Wie würde sie aussehen? Welche Farbe würde erscheinen? — Ich saß da und wartete. Eines Morgens fand ich sie blühend! In leuchtendem Gelb hob sie stolz ihre zauberhafte Blüte ins Licht. Die zarten Blütenblätter bewegten sich leise im Morgenwind, das Wasser netzte die messerscharfen Blätter, und ich war einen Augenblick versucht, den gefährlichen Abstieg zum Wasser zu wagen, um meine Blume ganz zu besitzen. Ich tat es nicht. Ich ließ sie stehen, sie war eine Kostbarkeit. Ich durfte sie nicht zerstören. Ich sah sie täglich. Sie nickte zu mir herüber, wenn ich am anderen Ufer auf dem Mühlradsteg stand, und sie leuchtete durch das Gebüsch, wenn ich unter den Apfelbäumen die Gänse hütete.
Eines Tages wird meine Blume verblüht sein. Ich erinnere mich nicht daran. Für mich blüht sie immer noch.

Hildegard Kronenberg

AUSFLUG

Klein-Axel hat einen Ausflug gemacht.
Was hat er uns wohl mitgebracht?
Ein Schneckenhäuschen,
ein Gänseblumensträußchen,
einen Bleisoldaten,
ein Stück Bindfaden,
einen kantigen Kieselstein,
von der kaputten Puppe ein Bein,
einen Nagel, einen verbeulten Fingerhut,
am Daumen zwei Tropfen Blut,
einen Streifen vom Fensterleder,
eine rötliche Vogelfeder,
ein weißes Blatt von der Heckenrose
und ein großes,
ein großes
Loch in der Hose!

Rudolf Otto Wiemer

HANS, MEIN IGEL

Im letzten Jahr entdeckt' ich ihn.
Es war schon ziemlich spät.
Da flitzte er an mir vorbei
an meinem Gartenbeet.
Zuerst, da hab' ich nur gestaunt
und konnt' es kaum verstehn.
Doch meine Mutter hat ihn auch
im Garten schon gesehn.

Ich bin jetzt oft im Garten drin,
und manchmal hab' ich Glück:
Dann läuft der Hans an mir vorbei
zum Kirschbaum und zurück.
Ich warte oft und steh' ganz still...,
und raschelt's irgendwo,
dann weiß ich, daß mein Igel kommt,
und bin so richtig froh.

Ich weiß, wo er im Winter schläft
und wo er sich versteckt
und geb' gut acht, daß unser Hund
ihn nicht erschreckt und weckt.
Im Frühjahr wartete ich bang,
weil ich ihn nicht mehr sah.
Da raschelt's plötzlich unterm Laub...,
und Hans ist wieder da.

Rolf Krenzer

Habt acht auf Gottes Welt

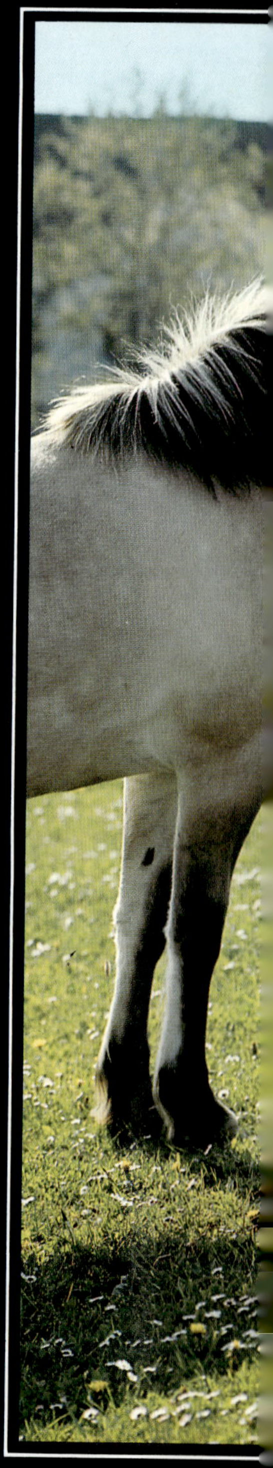

Uns anvertraut – unserer Fürsorge übergeben

Gott segnete die Menschen und sagte zu ihnen: »Vermehrt euch! Ich setze euch über die Fische, die Vögel und alle anderen Tiere und vertraue sie eurer Fürsorge an« (vgl. Genesis 1,28).
An dieser Fürsorge haben wir es fehlen lassen. Gottes Schöpfung ist von uns mißhandelt worden, und damit wächst die todbringende Gefahr, daß wir uns um unseren eigenen Lebensraum, um unsere eigene Existenz bringen. Hiervon sind wir alle betroffen, Kinder wie Erwachsene. So finden sich neben Texten Erwachsener gleichwertig und gleichberechtigt Kindertexte, die eindringlich versuchen, den Erwachsenen die Augen zu öffnen, sie zum Handeln zu bewegen, um die Schöpfung zu bewahren und zu erhalten. Sie sind es, die mit dem leben müssen oder nicht mehr leben können, was ihnen von ihren Eltern hinterlassen wird. Was bleibt den Kindern, wenn sie erwachsen geworden sind? Was bleibt ihnen, wenn sie jetzt bereits in ihrer Kindheit erleben müssen, daß der letzte Kletterbaum in ihrer Umgebung stirbt oder umgehauen wird, daß der Naturspielplatz einer Bauwüste weichen muß.
Der Gedanke Fritz Köblers »Die Macht, diese Schöpfung abzuschaffen, schafft nichts als Ohnmacht« läßt sich umkehren: »Die Kraft, diese Schöpfung zu erhalten, schafft immer mehr Kraft.« Diese Kraft kann nicht allein von den Erwachsenen ausgehen, die wie Goethes Zauberlehrling nach und nach immer deutlicher erkennen, daß sie die Geister, die sie riefen, nicht mehr los werden. Sicher ist die Kraft der Kinder unverbrauchter, rücksichtsloser im besten Sinne, ehrlicher.
So schreibt Hans-Joachim Gelberg in »Augenaufmachen«, seinem 7. Jahrbuch der Kinderliteratur, Beltz & Gelberg 1984, Seite 290 ff.: »Was Kinder einbringen können, bedeutet *mehr* ›Kind-sein‹ in der Erwachsenenwelt... Kind-sein ist Teilnahme an der ›wirklichen Welt‹ ... Früher *spielte* das Kind die Erfahrungen der Erwachsenen. Heute *macht* es Erfahrungen, die selbst Erwachsenen unbekannt bleiben... Kinder erwerben heute echte Kompetenz, werden (möglicherweise) zum Korrektiv der Erwachsenen... Für sie ist Realität, was sich simulieren, was sich spielen läßt. Sie sind bereit, darauf konsequent zu reagieren. Sie möchten etwas tun, resignieren nicht, noch nicht. So stellen sie direkte Fragen. Sie begegnen dem komplizierten, verstrickten Denken der Erwachsenen mit entwaffnender Ehrlichkeit.«

Die gemeinsame Neuorientierung, die Umkehr zum Leben, hat dann eine Chance, wenn sie sich unter die Hoffnung auf Gottes Hilfe stellt, wenn sie den Glauben an Gott und das Vertrauen auf sein Wort an allererste Stelle setzt: »Ich verspreche euch: Ich will das Leben auf der Erde nicht ein zweites Mal vernichten. Die Flut soll nicht noch einmal über die Erde hereinbrechen. Diese Zusagen, die ich euch und allen lebenden Wesen mache, soll für alle Zeiten gelten« (vgl. Gen 9,11—12). Und das Zeichen dieses neuen Bundes, des ewigen Bundes, den Gott mit uns Menschen geschlossen hat, der Regenbogen, ist immer wieder am Himmel zu sehen. Immer noch!

HABT ACHT AUF GOTTES WELT

Gott hat uns seine Welt
aus seiner Hand
in unsre Hand
in Liebe übergeben.
Habt acht auf Gottes Welt,
daß ich mit dir
und du mit mir
in Frieden dürfen leben.

Gott hat uns seine Welt
aus seiner Hand
in unsre Hand
in Liebe übergeben.
Habt acht auf Gottes Welt,
daß Mensch und Tier,
daß alle hier
in Frieden überleben.

Rolf Krenzer

NEUE WOHNUNG, 8. STOCK

Warum wohnen wir so weit von den Menschen, Mama,
keinen erkenn' ich vom Fenster aus, und
ich kann keinen rufen,
meine Freunde hören und sehen mich nicht,
nicht mal auf unserm Wannenbalkon.

Warum läuft die Straße so tief unten, Mama,
ich möchte die Automarken wissen,
ich möchte dir sagen, wer mitfährt,
vielleicht sitzt ein Hund hintendrin,
und die Kinder winken heraus.

Warum finden die Vögel nicht unser Futterhäuschen, Mama,
ich möchte zugucken, wie sie Körner knacken,
wie sie kommen und wegfliegen,
und nie höre ich, wie sie zanken und singen.

Warum gibt es keine Bäume für uns, Mama,
nur den kleinen grünen Fleck,
auf dem wir nicht spielen dürfen,
alles ist so langweilig hier
und was schön wäre, ist verboten.

Wann ziehen wir in ein richtiges Haus, Mama?

Christa Peikert-Flaspöhler

GEH AUS, MEIN HERZ

Geh aus, mein Herz, und suche Freud
in dieser lieben Sommerzeit
an deines Gottes Gaben;
schau an der schönen Gärten Zier
und siehe, wie sie mir und dir
sich ausgeschmücket haben.

Über 300 Jahre ist es alt, dieses Sommerlied von Paul Gerhardt. In kaum einer Volksliedersammlung wird es fehlen. Die ersten Strophen jedenfalls sind fast überall zu finden.
Geh aus, mein Herz! Geh heraus aus dem Gehäuse! Verschließ dich nicht länger! Such die Freude! Schlag die Augen auf und sieh dir das an: Es grünt und blüht. Man kann spüren, wie es wächst, wie Früchte ansetzen an Sträuchern und Bäumen.
Schau hin! Es ist nicht alles grau und einerlei. Es gibt nicht nur Stein, Asphalt und Beton. Es gibt Leben. Die Erde ist fruchtbar noch, Regen feuchtet das Land, die Sonne wärmt. Spür den Sommer auf deiner Haut und danke Gott für seine Gaben! Geh aus, mein Herz! Lob ihn, meine Seele!

Die Glucke führt ihr Völklein aus,
der Storch baut und bewohnt sein Haus,
das Schwälblein speist die Jungen,
der schnelle Hirsch, das leichte Reh
ist froh und kommt aus seiner Höh
ins tiefe Gras gesprungen.

Paul Gerhardts Lied stammt aus der vorindustriellen Zeit, einer Zeit bäuerlicher und kleinbäuerlicher Kultur. Wo aber gibt es heute noch einen Bauernhof alten Stils mit Gänsen, Enten und Hühnern?
Wo Hennen zu Zehntausenden in Käfigbatterien gehalten werden, da sieht man keine Küken mehr, die hinter der Glucke herlaufen. Jahrtausende lang haben Menschen ein solches Bild vor Augen gehabt: Die Henne, »die ihre Küken unter ihren Flügeln versammelt« (Matthäus 23,37). Das war ein Bild der Fürsorge. Schutz und Schirm vor allem Argen für die Schwachen und Hilflosen. Ein Sinnbild für Geborgenheit. Wir haben viel verloren seitdem. Nur ganz langsam kommt es uns zum Bewußtsein.

»Der Storch baut und bewohnt sein Haus« — freilich nur so lange, wie in Tümpeln und Teichen noch Frösche quaken. Ganz pünktlich kamen sie immer, die Störche, nach ihrer inneren Uhr. »Der Storch weiß seine Zeit« (Jeremia 8,7). Alles hat seine Ordnung in Gottes Schöpfung. »Das Schwälblein speist die Jungen« — früher auch ganz selbstverständlich in jedem Viehstall zu beobachten. Schwalben hatten da immer freie Bahn. Man war auf diese Weise zugleich die Fliegenplage los, ohne auf immer neue Giftspritzen angewiesen zu sein. Eine Wohltat für Mensch und Tier. Wir haben viel verloren seitdem. Natürlich ging es ärmlicher zu vor 300 Jahren. Natürlich verdanken wir der Industriegesellschaft ein ungeheures wirtschaftliches Wachstum. Aber der Blick für die Zusammenhänge im Kreislauf der Natur war bei Paul Gerhardt höher entwickelt als bei den heutigen Aposteln des technischen Fortschritts.

Der Weizen wächset mit Gewalt;
darüber jauchzet jung und alt
und rühmt die große Güte
des, der so überflüssig labt
und mit so manchem Gut begabt
das menschliche Gemüte.

Im Sommer den Weizen wachsen sehen. Wahrnehmen, wie die Trauben ansetzen am Weinstock, wie die Beeren sich langsam mit Saft füllen. Dem Wunder zuschauen, das da aus der Erde kommt. Wohl dem Menschen, der es kann. Wie wird er sich freuen, wenn er hier und da — wenigstens am Feldrand — etwas Klatschmohn und Kornraden entdeckt! Farbe und Vielfalt der Ackerflora!

Hans Schmiedehausen

GARSTIGES KIRCHENLIED

Geh aus mein Herz. Du suchst nach Freud'
in dieser schönen Sommerzeit
an deines Gottes Gaben?
Schau an den Abfall unsrer Zeit.
Der Schrott, der Unrat macht sich breit.
Die Schönheit wird begraben.

Die Bäume stehen voller Staub,
und lilabraun ist alles Laub,
das Öl klebt an den Zweigen.
Narzissus und die Tulipan,
die läßt man sich noch dann und wann
in dem Museum zeigen.

Das Flugzeug rattert durch die Luft.
Das Täublein fleugt aus seiner Kluft,
bald hat es ausgesungen.
Die Lieder von der Vogelschar,
von Amsel, Drossel, Fink und Star,
sind auch schon fast verklungen.

Um uns herum ist kalter Mief
und Land und Meer radioaktiv.
Kein Grün läßt sich mehr blicken.
Den Herzschlag hören wir kaum mehr,
weil in uns selbst und um uns her
nur Geigerzähler ticken.

Kein Bächlein rauscht mehr klar im Sand.
Die Fische liegen tot am Strand
mit aufgeblähten Bäuchen.
Das Wasser stinkt nach Kot und Teer.
Verseucht ist selbst das große Meer,
verseucht und voller Leichen.

Selbst Nahrungsmittel werden jetzt
mit Gift und Gasen untersetzt
und chemisch angereichert.
Die Werbung sagt uns sicher nicht,
wo man vermarktet und vermischt
und Krebs und Tod gespeichert.

Wir schufen eine neue Welt,
zerstörten fast das Himmelszelt.
Wir hatten es in Händen.
Nun kriechen wir durch Schrott und Kot
und fürchten Krankheit, Krieg und Tod.
Und wie werden wir enden?

Wir leben völlig technisiert,
umfunktioniert, neu konstruiert
mit Plastikherz und -nieren.
Unsre Gedanken sind diktiert
und unser Nachwuchs programmiert.
Herr, hilf, daß wir nicht irren!

Rolf Krenzer

Wie es dazu kommt, daß aus den strahlenden Augen beim Betrachten, daß etwas wird, daß aus dem Frühling der Sommer entsteht, daß Aussaat, Baumblüten, Knospen, Blumen und Schmetterlinge Zeichen für neues Werden sind und daß etwas ist: Der Zusammenhang im Kreislauf der Natur, eine Träne kullert, das hängt wohl mit dem garstigen Kirchenlied zusammen.
Wenn Ihr solche garstigen Lieder hört oder lest, dann laßt Euch von Erwachsenen erklären, warum und wie solche Lieder entstehen.

Gudrun Knipp

PROVOKATIV...

Wo käme unsere großartige Technik hin, wenn da nicht die Natur wäre, die sie in Mitleidenschaft ziehen könnte!
Man beutet ja nicht »nur« die Natur aus, die Ausbeutenden werden die Ausgebeuteten sein.
Wir leben nicht im Plastik- sondern im Betonzeitalter!
Wie erfrischend — ein Betonbau zwischen Wiese und Bäumen!
Ein winziger Schritt vom Tier zum Menschen: Rückwärts, nicht nach vorn!
Solange der Mensch Fakten braucht, um zu merken, daß seine Umwelt zerstört ist, wird er sie nie heilen können.

Eva Böhme

Baum — wie muß es sein, mit seinen Wurzeln fest stehen zu können?
Baum — wie schön muß es sein, Vogelnester in den Ästen zu tragen?
Baum — wie schön mag es sein, wenn im Frühjahr neues Grün aus dir kommt und du das Licht auf den Blättern spürst?
Baum — wie ist das, wenn du merkst, daß da schon wieder eine neue Chemikalie den Boden vergiftet?
Baum — wie mag das sein zu spüren, daß du langsam stirbst und du weißt, daß du nichts tun kannst?
Baum — du müßtest Haß gegenüber uns Menschen verspüren!

Eva Böhme

WEGWERFBLUMEN

Dreizehn Blumen auf dem Weg
lagen dort verstreut,
abgerissen,
fortgeschmissen,
mußten sterben heut.
Dreizehn Blumen waren erst
gestern aufgewacht.
Mußten sterben
und verderben
nach der ersten Nacht.

Einen ganzen Winter lang
tief im Land geborgen,
warteten sie unterm Schnee
auf den Frühlingsmorgen.
Als die Sonne endlich konnt'
Licht und Wärme geben,
da erwachte überall
wieder neues Leben.

Es begannen Gras und Klee
wieder neu zu sprießen.
Und die Blumen wollten blühn
auf den grünen Wiesen.
Als die Vögel kehrten heim,
haben froh gesungen,
sind die Knospen gestern früh
freudig aufgesprungen.

Gestern früh noch blühten sie,
um uns zu beglücken.
Einer kam und bückte sich,
um sie abzupflücken.
Dreizehn Blumen waren grad
wieder neu geboren.
Dreizehn Blumen wurden dann
auf dem Weg verloren.

Rolf Krenzer

KRANKER BAUM

Baum, du
wie ich
von Gott gemacht –
Dich bedroht
was Fortschritt mir
gebracht.
Was wir
für unser Leben
erdacht,
bringt dir
den Tod...
Baum, du
wie ich
von Gott gemacht –
Des Menschen Streben
ist deine Not.

Ursula Burkhard

Die Macht
diese Schöpfung abzuschaffen
schafft
nichts
als Ohnmacht.

Fritz Köbler

EINE SPIELLANDSCHAFT GEHT VERLOREN

Um uns herum passierte etwas in den letzten Jahren, was dutzendfach beschrieben, fotografiert und in Liedern schon besungen wurde: Aus seit Ende des Krieges brachliegenden verwilderten Gärten wurde eine geordnete Reihenhaus- und Bungalow-Siedlung. Die »Botanik«, wie die Kinder sie nannten, wurde Bauwüste, asphaltiert, aufgestockt und Stück für Stück eingezäunt. »Endlich Ordnung«, sagten die Erwachsenen, die Kinder bitten mit jeder neuen Baugrube, mit jedem neuen Zaun. Ein einziger Baum auf einem freien Stück Land ist nun noch übrig, heißgeliebt und ängstlich beobachtet von vielen Kindern.
Dieses Frühjahr hatten sie ein Zauberwort, alle riefen fröhlich: »Er darf gar nicht umgehauen werden, seht doch, es ist eine Kätzchenweide, die steht nämlich unter Naturschutz!«

Hannelore Freudenberg

WALDFRIEDHOF

Unbeschwert
fast
heiter
die Ruhe
im lichten Grün
wenn nicht
die hohen kahlen Stämme
im Kreis
die sterbenden Kronen
voller Traurigkeit
neigten.

Fritz Köbler

REGEN

Regen
fällt jetzt
nach langer Trockenheit –
Regen
verschmutzter Himmelssegen...
Er ist sauer.
Er verletzt.
Was trinkt, ist todgeweiht.

Tränen
aus Wolkentrauer,
aus Wolkenentsetzen –
Tränen,
die nicht nur
tränken
und kühlen.

Bäume fühlen
im Regenschauer
Sterblichkeit.
Menschen kränken,
Menschen verletzen
die Natur.

Ursula Burkhard

Warum
Herr
verwunden wir diese Erde,
aus der wir selbst gemacht sind?
Laß uns bedenken,
daß wir zu ihr zurückkehren!

Fritz Köbler

BITTE DER KINDER

Gebt uns Hecken
zum Verstecken,
einen großen, grünen Platz.
Gebt uns Pfützen,
um zu spritzen
einen hellen Wassersee.

Gebt uns Räume,
um zu träumen,
einen hohen Kletterbaum.
Gebt uns Spiele,
Freunde viele,
gebt uns allen eure Hand.

Hanna Hanisch

UNSER NATURSPIELPLATZ

Schräg gegenüber von unserem Haus ist eine Wiese mit ganz hohem Gras und einem Kletterbaum. Neben dem Kletterbaum ist ein Bach. Dort kann ich mit meiner Freundin toll spielen. Wir spielen zum Beispiel, daß wir auf einer Insel sind und der Bach das Meer ist. Dann bauen wir uns Angeln aus Ästen und Grashalmen und richten eine Feuerstelle ein, wo wir im Spiel Fische (Blätter) braten. Oft haben wir auch Pfeil und Bogen geschnitzt und haben gespielt, wir würden in der verwilderten Wiese auf Jagd gehen.
Aber einmal ist diese Wiese schon abgemäht und ein Schotterweg ist hindurchgeführt worden. Kein Kind der Umgebung war einverstanden. Aber das Unkraut wuchs wieder schnell. Trotzdem haben wir Angst, daß die Wiese noch mehr zerstört wird.

Caroline Hoffmann

SCHÖNE AUSSICHT

Ein Haus mit grauen Fassaden,
Fenster und Fensterladen,
und im Hof
ein Firmenschild namens Schoof,
und Wäsche auf der Leine,
und ein Haufen Ziegelsteine,
und Teerpappe und ein Faß mit Pech,
und ein Schuppen aus Blech,
und, was die Architekten vergaßen,
ein Stückchen Löwenzahnrasen,
darauf Gartenzwerge,
sechs oder sieben an der Zahl —
das alles war mal
eine schöne Aussicht in die Berge.

Rudolf Otto Wiemer

EHRLICH WAHR!

Weißt du, daß wir einst im Fluß
richtig baden konnten
und am Ufer uns danach
unbeschwert noch sonnten.
Und es roch der reine Fluß
so wie Wasser riechen muß.

In den Höhlen suchten wir
die verborgnen Schätze.
Wenn du suchst, dann findest du
nur Atomsprengsätze.
Gar nicht weit von unserm Haus.
Nur ein Druck! Dann ist es aus.

Lebensmittel aßen wir,
weil sie uns gut schmeckten,
ohne daß wir hinterher
darin Gift entdeckten.
Wein war Wein, und Brot war Brot.
Öl zum Leben, nicht zum Tod.

Fast zerstört ist unsre Welt,
die uns Gott gegeben.
Du und ich, wir haben Angst,
Angst vor unsrem Leben.
Wissen nicht, was kommen mag,
fürchten uns vor jedem Tag.

Ehrlich wahr?
So fragst du mich.
Ich hab' Angst
um mich und dich.

Rolf Krenzer

LIED VOM KRANKEN MÄUSCHEN

Mäuschen, Mäuschen,
was ist nur los?
Mäuschen, mein Mäuschen,
was hast du bloß?

Blieb ich sonst beim Mäuschen
einmal stehn,
huscht es schnell ins Häuschen
und war nicht mehr zu sehn.

Mäuschen, Mäuschen,
was ist nur los?
Mäuschen, mein Mäuschen,
was hast du bloß?

Heute hockt das Mäuschen
still am Ort,
huscht nicht mehr ins Häuschen
kann auch nicht mehr fort.

Mäuschen, Mäuschen,
was tut dir weh?
Vergiftet waren die Körner,
vergiftet auch der Klee.

Rolf Krenzer

KIND UND KÄFER

Großstadtgedränge.
In der Menge
bückt sich ein Kind.
Ein winziger Käfer liegt auf dem Rücken,
und das Aufstehn will nicht mehr glücken.
Hilflos.
Glücklos.
Aber das Kind
ergreift ihn
und wirft ihn hoch in den Wind.

Wollen wir wetten?
Kann er sich retten?
Stürzt er ab
und wird zertreten?

Laß uns für das Kind
und den Käfer
beten.

Rolf Krenzer

DAS RÄTSEL

Auf dem Giebel einer verlassenen Scheune saßen zwei junge Amseln. Es war Frühling. Die Bäume blühten. Hinter dem Hügel ging die Sonne unter, und am Himmel stand schon der Abendstern.
Für die beiden Vögel reichte die Welt vom Aufgang der Sonne bis zu ihrem Niedergang.

Wo kommt die Sonne her? fragten sie sich am Morgen, wenn die strahlende Kugel hinter dem Wald aufstieg.
Wohin geht sie? fragten sie sich am Abend, wenn sie hinter dem Hügel unterging. Es ist ein Rätsel. Laßt es uns lösen, sagten sie.
Ich fliege gegen Morgen, sagte die erste Amsel.
Ich fliege gegen Abend, sagte die zweite Amsel.
Beim Abschied versprachen sie einander, sich beim nächsten Vollmond wieder zu treffen.

Die erste Amsel flog den ganzen Tag und eine ganze Nacht. Am Morgen erreichte sie das Ende des Waldes.
Aber da war keine Sonne, sondern ein Dorf und hinter dem Dorf wieder ein Wald.
Die Sonne hat mich getäuscht, dachte die Amsel und war traurig.
Was fehlt dir? fragte plötzlich eine Stimme.
Es war eine junge Amsel, die sich eben bereit machte, die aufgehende Sonne mit einem Lied zu begrüßen.

Ach, fragte die erste Amsel: weißt du, woher die Sonne kommt?
Nein, antwortete die junge Amsel, ich bin zufrieden, daß es sie gibt. Laß uns zusammen bleiben und uns darüber freuen!
Ja, sagte die erste Amsel, du hast recht, laß uns ein Nest bauen und Kinder haben. Vielleicht wird eines von ihnen das Rätsel lösen.

Die zweite Amsel flog die ganze Nacht und einen ganzen Tag. Am Abend erreichte sie die Anhöhe des Hügels.
Aber da war keine Sonne, sondern ein Dorf und hinter dem Dorf wieder ein Hügel.
Die Sonne hat mich getäuscht, dachte die Amsel und war traurig.
Was fehlt dir? fragte plötzlich eine Stimme.
Es war eine junge Amsel, die sich eben bereit machte, die untergehende Sonne mit einem Lied zu verabschieden.

Ach, fragte die zweite Amsel, weißt du, wohin die Sonne geht?
Nein, antwortete die junge Amsel, ich bin zufrieden, daß es sie gibt.
Laß uns zusammen bleiben und uns darüber freuen!
Nein, sagte die zweite Amsel, es ist ein Rätsel, und ich möchte es lösen.

Sie flog davon, die ganze Nacht und einen ganzen Tag.
Am Abend erreichte sie die Anhöhe des zweiten Hügels. Aber da war keine Sonne, sondern eine Stadt und hinter der Stadt wieder ein Hügel.

Nicht die Sonne hat mich getäuscht, sondern ich habe mich geirrt, dachte die Amsel voller Staunen.
Sie flog weiter, die ganze Nacht und einen ganzen Tag und wieder eine Nacht und wieder einen Tag, immer der Sonne nach.

Als der Mond voll war, erinnerten sich die beiden Amseln an ihr Versprechen.
Sie flogen zurück auf den Giebel der verlassenen Scheune, die erste einen kurzen, die zweite einen langen Weg.
Sie waren froh, einander wiederzusehen.
Die erste Amsel fing sogleich an, von der Begegnung mit der jungen Amsel zu erzählen, vom Bau des Nestes, von gefährlichen Katzen und von drei Vogelkindern, die aus den Eiern geschlüpft waren.

Und die Sonne? Hast du sie vergessen? Weißt du nun, woher sie kommt? fragte die zweite Amsel.
Nein, antwortete die erste, ich bin zufrieden, daß es sie gibt!
Doch weißt du denn jetzt, wohin sie geht? Hast du das Rätsel gelöst?
Nein, sagte die zweite Amsel, aber ich weiß nun, die Sonne ist kein Rätsel, sondern ein Geheimnis, das mir die Kraft schenkt, unterwegs zu bleiben.

Die erste Amsel verstand die Worte nicht. Sie kehrte nach Hause zurück, um ihre drei Jungen zu füttern.
Die zweite Amsel aber flog weiter,
über Hügel und Berge,
über Städte und Dörfer,
über Felder und Wälder,
über Seen und Flüsse,
über die Wüste
und über das Meer,
immer der Sonne nach.

Max Bolliger

WASSER

Frisches Wasser, reines Wasser,
so ist's uns gegeben.
Klares Wasser, kühles Wasser,
daß wir davon leben.
Frisch und kühl und klar und rein.
So kann Leben nur gedeihn.
Nehmt das Waser,
schützt das Wasser,
trinkt und werdet satt.
Teilt, daß jeder
heut und später
gutes, reines Wasser hat.

Rolf Krenzer

BLUMENSEGEN

Wenn wir uns Blumen schenken,
dann laßt uns daran denken,
daß Gott uns alle liebt
und uns seinen Segen gibt.
Laßt uns mit unserem Leben
den Segen weitergeben.
So können wir uns allein
und anderen Segen sein.

Blumen und Bäume,
Tiere und Menschen
hast du in die Welt gegeben,
daß in der Schöpfung
deine Geschöpfe
gut miteinander leben.
Wir wachsen, blühn und gedeihn,
um Teil deiner Schöpfung zu sein.
Wir wollen dich ehren,
dein Lob vermehren.
Wir danken dir, Gott, dafür.

Laß uns erkennen,
laß uns bewundern
die Schönheit in deinen Werken,
daß wir uns öffnen
und selbst uns finden
und unsern Glauben stärken.
Einander verstehn und verzeihn
heißt Teil deiner Schöpfung zu sein.
Wir wollen dich ehren,
dein Lob vermehren.
Wir danken dir, Gott, dafür.

Blumen und Bäume,
Tiere und Menschen
helfen, die Schöpfung zu bauen,
wenn sie sich lieben,
weil sie dir danken
und allezeit vertrauen.
Es ist kein Geschöpf zu klein,
um Teil deiner Schöpfung zu sein.
Wir wollen dich ehren,
dein Lob vermehren.
Wir danken dir, Gott, dafür.

Rolf Krenzer

FÜR ANITA

Erwartung
strahlt
aus deinen Augen
aber:
ich weiß nicht
welche Welt
ich dir übergebe

Vertrauen
setzt
deine Hand in die meine
aber:
ich weiß nicht
wohin
der Weg geht.

Fritz Köbler

DRÜCK MICH AN DICH

Halt meine Hand,
großer Bruder Peter,
wenn du mir die kranken Bäume zeigst
und mir erzählst,
daß es keine Wälder mehr geben wird,
wenn ich erwachsen bin.

Beruhige mich, große Schwester Jutta,
wenn ich manchmal mit einem Schrei
aus dem Schlaf schrecke.
Ich träume immer wieder,
wie ich unsere Dorfstraße überquere.
Viele Autos brausen einfach durch.
Im Traum haben sie mich oft überfahren.
Und einmal, letzten Samstag, fast in Wirklichkeit.

Nimm mich auf deinen Arm, Onkel Thomas, bitte,
wenn die Panzer, groß wie Berge,
durch unser Dorf rollen.

Tröste mich, Tante Ellen,
wenn ich vor dem Fernseher weinen muß.
Die afrikanischen Kinder,
die dunklen, die halbverhungerten,
schauen mich so an.
Es ist nicht nur, weil sie mir leid tun.
Sie machen mir angst.

Sprich lauter, Fräulein Köckeritz,
wenn Tiefflieger über unsere Schule donnern.
Sprich oder sing oder schrei.
Nur: Sei lauter als sie.

Drück mich an dich, Oma,
wenn in unserm Dorfbach viele, viele Fische
hinuntertreiben, mit dem Bauch nach oben.

Leg deinen Arm um mich, Opa,
wenn du mir aus dem Krieg erzählst
und deine Narbe von dem Kopfschuß zeigst
und mit mir durch die Gräberreihen
auf dem Soldatenfriedhof spazierengehst.

Halte mich fest, Vati, sehr fest,
wenn wir in den Sommerferien
durch die Wälder wandern,
und auf einmal, dort, wo der Wald zu Ende ist,
vor dem hohen Stacheldrahtzaun
und den Türmen stehen.

Nimm mich auf deinen Schoß, Mutti, und umarme mich,
wenn du mit dem Vati über Atombomben
und Raketen und Neutronenwaffen sprichst.
Denn ich kenne dein Gesicht genau.
Ich weiß, wann du Angst hast.
Deine Angst steckt an.
Umarme mich. Ich will auch dich umarmen.

Ihr alle, laßt mich nah bei euch sein
und hüllt mich ganz in eure Liebe ein,
damit ich nicht alt werde, bevor ich groß bin.

Gudrun Pausewang

Segne uns, Gott,
du guter Vater,
segne die Schöpfung
auf deinem Stern.
So gehn wir mit Gott,
dem guten Vater,
denn die Erde ist des Herrn.

Rolf Krenzer

BRUDER MENSCH

Wir sind in den Weltraum geflogen
und haben die Welt asphaltiert,
den schwarzen Peter gezogen
und selber uns ruiniert.
Wir rüsten zu neuen Kriegen.
Dafür geht das Geld nicht aus.
Und wissen, selbst dann, wenn wir siegen,
machen wir uns den Garaus.

Franziskus, Troubadour Gottes,
du nahmst dir die Armut zur Braut.
Die Sonne war Schwester, der Mond war dein Bruder.
So war dir die Schöpfung vertraut.
Allmächtiger Herr der Schöpfung,
schau an, was wir alles getan!
Vergib uns die Schuld und nimm uns trotz allem
als Bruder Mensch wieder an.

Zuerst waren wir Außenseiter
und lernten, wie man sich schützt.
Wir haben uns immer weiter
vom Boden dann abgestützt.
Wir haben uns abgehoben
und wollten soviel probiern
und merken jetzt, daß wir den Boden
unter den Füßen verliern.

Franziskus, Troubadour Gottes,
du nahmst dir die Armut zur Braut.
Die Sterne die Schwestern, der Wind war dein Bruder.
So war dir die Schöpfung vertraut.
Allmächtiger Herr der Schöpfung,
wir wissen nicht mehr aus noch ein.
Vergib uns die Schuld und laß jeden Menschen
dem anderen Bruder sein.

Wir haben die Flüsse mißhandelt
und kippten den Unrat hinein.
Das Wasser des Lebens verschandelt.
Das wäscht kein Mensch wieder rein.
Du gabst uns zum Wärmen das Feuer.
Wir hatten es in der Hand...
und wählten das Abenteuer
und setzten die Welt in Brand.

Franziskus, Troubadour Gottes,
du nahmst dir die Armut zur Braut.
Das Wasser war Schwester, das Feuer dein Bruder.
So war dir die Schöpfung vertraut.
Allmächtiger Herr der Schöpfung,
hilf uns, eh die Welt verbrennt,
daß einer im andern den Menschen und Bruder
als Teil deiner Schöpfung kennt.

Wir lernten, die Tiere zu züchten,
und taten das musterhaft.
Wir lernten, sie zu vernichten
und haben das auch geschafft.
Jetzt sind die Wälder vergiftet.
Wir haben es registriert
und unsre Gesichter geliftet,
damit sie keiner verliert.

Franziskus, Troubadour Gottes,
du nahmst dir die Armut zur Braut.
Du sprachst mit den Vögeln, der Wald war dein Bruder.
So war dir die Schöpfung vertraut.
Allmächtiger Herr der Schöpfung,
der uns wie ein Vater liebt,
hilf, daß deine Schöpfung dem Menschen, dem Bruder
zum letzten Mal noch vergibt.

Wir haben die Umwelt verpestet
und unsere Kinder dazu.
Und dann, als alles getestet,
erklärten wir's zum Tabu.
Wir sind kurz vors Ende gekommen.
Der Knopf zum Schlußakt geglückt.
Jetzt hocken wir da wie benommen
und beten, daß keiner ihn drückt.

Franziskus, Troubadour Gottes,
du nahmst dir die Armut zur Braut.
Das Leben war Schwester, der Tod war dein Bruder.
So hast du dich Gott anvertraut.
Allmächtiger Herr der Schöpfung,
schau, was wir armselig getan.
Vergib uns die Schuld und nimm trotz dieser Armut
den Bruder Mensch wieder an.

Rolf Krenzer

DIE SACHE MIT DER SCHULTASCHE

Wie Martin in die ganze Sache hineingeraten war, wußte er selbst nicht mehr. Er erinnerte sich nur, daß sie begonnen hatten, auf dem Pausenhof Fußball zu spielen, und daß gleich darauf Herr Dierlamm, der die Aufsicht führte, es verboten hatte. Er hatte ihnen auch den Ball weggenommen und verkündet, daß sie ihn sich nach Schulschluß beim Hausmeister abholen könnten. Natürlich wußte jeder, daß alles, was ein bißchen Spaß machte, auf dem Pausenhof von vornherein verboten war. Aber probiert hatten sie es immer wieder.

Mißmutig standen sie jetzt umher und suchten nach etwas, womit sie ihren Ärger abreagieren konnten. Dann hatte Jürgen die Schultasche entdeckt. Sie stand einsam und ein bißchen versteckt neben dem Container am Schulgebäude. Neben der Tasche stand ein kleiner Junge mit Nickelbrille, der anscheinend sorgsam darauf achtete, daß ihr niemand zu nahe kam.

»Dann spielen wir halt Taschenfußball!« meinte Jürgen und lachte am lautesten über seinen Witz. Taschenfußball hatten sie schon mehr als einmal gespielt. Der besondere Reiz lag darin, daß die Kleinen, denen die Taschen gehörten, dann winselnd und heulend hinter ihnen her rannten und die unsinnigsten Dinge unternahmen, um ihre Tasche zurückzuerhalten. Manchmal war Taschenfußball lustiger als richtiges Spielen mit dem Ball.

So liefen sie auch jetzt zu dem Container, um die Tasche zu packen. Aber der Kleine war schneller. Er rannte los und drückte die Tasche bereits fest an sich, als sie in seine Nähe kamen. »Loslassen!« meinte Steffen und zerrte an der Tasche. Doch der Kleine drückte sie nur noch fester an sich. Es war eine neue Tasche aus blauem Segeltuch. Nicht sehr stabil. Und wenn die Bücher darin beim Taschenfußball auch kaputtgingen, was konnte schon viel geschehen. Schließlich gab es ja Lehrmittelfreiheit. Und irgendein mitleidiger Lehrer würde schon dafür sorgen, daß der Kleine neue Bücher bekäme.

»Hab dich nicht so!« rief Jürgen und zerrte nun auch an der Tasche. Martin packte sie von der anderen Seite. Ein Stoß. Ein kurzer Kampf. Der Kleine lag am Boden, und sie hatten die Tasche. »Bitte nicht! Bitte nicht!« jammerte er, rappelte sich auf und rannte hinter ihnen her. Aber sie waren Profis, so daß der Anfänger die Tasche zumindest jetzt nicht wiederbekommen konnte. Das weiche Segeltuch erschien ihnen sogar noch geeigneter als der Fußball. Jedenfalls ließ sich die Tasche gut treten und flog bei einem entsprechenden Anstoß ein ganzes Stück weit. Sie spielten sich das Ding zu und hatten immer größeren Spaß, je mehr der Kleine seine Tasche zu packen versuchte. Martin ließ ihn ganz nahe herankommen, dann zielte er kurz und schoß die Tasche zu Jürgen, der sie geschickt mit seinem Fuß stoppte und zu Steffen weiterkickte.

Jetzt kamen noch mehr Kleinere hinzu. »Gib ihm die Tasche zurück!« schrie einer und wollte sich tatsächlich mit Steffen anlegen. Doch die Tasche mit einem festen Tritt an Martin weiterzugeben und den Kleinen so abzuschütteln, daß er taumelte, war für Steffen eine Kleinigkeit. Jetzt jagten schon fünf Kleine hinter der Tasche her. Und weil sich das heiße Spiel am Ende des Pausenhofes abspielte, hatte Herr Dierlamm bisher auch noch nichts davon bemerkt. Einmal sah Martin, daß zwar viele hinter der Tasche her waren, daß aber der Kleine, dem sie gehörte, sich zu dem Container zurückgezogen hatte. Dort stand er und hatte die Hände vor sein Gesicht geschlagen. Ein Häufchen Elend. Doch bevor sich Martin irgendwie schlecht zu fühlen begann, hatte er bereits alle Hände voll zu tun, um die übrigen Kleinen von der Tasche fernzuhalten, damit er Platz zu einem neuen sorgfältig ausgerichteten Tritt hatte. Schon flog die Tasche weiter zu Jürgen.
Dann war plötzlich Herr Dierlamm da und hatte unversehens die Tasche an sich genommen. Sie sah ganz schön mitgenommen aus.
Dann standen die Kleinen um den Lehrer herum und petzten. Da setzten sich die Großen schnellstens ab und tauchten in der Menge der übrigen Schüler unter. Gut, daß Herr Dierlamm nicht alle Schüler kannte. Und sicher hatte er nur die Tasche im Blick gehabt, die zwar jetzt ziemlich zertreten, aber doch immerhin gerettet war.
Als dann der Gong zur nächsten Unterrichtsstunde ertönte, hatte Martin die ganze Sache fast vergessen. Und die gerade noch erreichte Ausreichend in der Mathe-Arbeit versöhnte ihn mit diesem Schultag.

Zu Hause beim Mittagessen schreckte er plötzlich auf, als er zuhörte, was seine kleine Schwester erzählte. Oft hörte er gar nicht hin, weil sie ständig plapperte. Aber als jetzt sein Vater noch einmal nachfragte, ging es ihm durch und durch.
»Jens hat seinen Goldhamster mit in die Schule gebracht«, sagte Verena. »Er hat davon erzählt. Und da hat Frau Bartels ihn gebeten, den Hamster doch einmal mitzubringen. Zuerst wollte er nicht. Aber dann hat er ihn heute doch mitgebracht.«
»Und er war in der Tasche, mit der sie Fußball gespielt haben?« fragte der Vater.
Verena nickte. »Und als Jens dann die Tasche aufmachte, war die Schachtel kaputt.«

»Und der Hamster?« fragte die Mutter.
»Tot!«
Verena weinte.
»Tot!« sagte sie noch einmal. »Ganz tot!«
»Und Jens?«
»Er hat gar nichts gesagt. Er hat nur den kleinen Hamster in seinen Händen gehalten. Frau Bartels wollte ihm den Hamster abnehmen. Er hat ihn nicht hergegeben. Er hat ihn die ganze Stunde lang in seinen Händen gehalten und immer wieder angesehen. Er hat ihn immerzu gestreichelt. Dabei war er längst tot.«
»Hat denn Frau Bartels nichts getan? Hat sie nicht dem Direktor Bescheid gesagt? Die Jungen, die das getan haben, müssen doch herauszufinden sein!«
»Er war doch tot!« sagte Verena noch einmal und bemühte sich, nicht wieder zu weinen. »Frau Bartels hat dann den Hamster in die kaputte Schachtel gelegt. Jens hat sie mit nach Hause genommen. Er hat den ganzen Morgen nichts mehr gesagt.«
»Hast du denn nichts gesehen?« fragte der Vater und blickte Martin kurz an. Doch Martin schüttelte nur den Kopf.
»Martin hätte dem Jens und seinem Hamster bestimmt geholfen!« sagte Verena. Und keiner zweifelte daran.

Einen ganzen Nachmittag, einen ganzen Abend und eine ganze Nacht lang trug Martin die Sache mit sich herum. Es war noch nicht einmal der kleine Junge, den er nicht mehr aus seinen Gedanken verdrängen konnte. Es war der Hamster, den sie totgetreten hatten. Martin hatte selbst einmal einen Hamster gehabt. Und er erinnerte sich nur zu gut daran, wie furchtbar es damals gewesen war, als eines Morgens dieser Hamster tot im Zimmer gelegen hatte. Hansi hatte sein Hamster geheißen.

Am Morgen stand es für Martin fest, daß er dem Jungen einen neuen Hamster kaufen würde. Aber war das ein Ersatz für ein Tier, dessen Tod er verschuldet hatte? Er würde dem Jungen auch eingestehen, daß er einer von denen gewesen war, die mit seiner Tasche Fußball gespielt hatten. Klar, daß er Jürgen und Steffen nicht verraten würde. Nein, in dieser Sache würde er dichthalten.
Aber für sich mußte er die Sache regeln.
Als Jens am nächsten Tag von der Schule nach Hause ging, bemerkte er plötzlich, daß ihm ein großer Junge folgte. Und voller Schrecken erkannte Jens den Jungen wieder, der gestern dabei war, als sie ihm die Tasche wegnahmen. Da begann Jens zu laufen. Er lief so schnell er nur konnte. Längst hatten sie die belebten Straßen hinter sich gelassen.

Jetzt gab es nur noch den schmalen Abkürzungspfad, der zur nächsten Straße führte. Da hatte der große Junge Jens eingeholt. Jens ließ seine Tasche fallen und schlug wieder die Hände vor sein Gesicht. Der Große hielt ihn an der Schulter fest.
»Du!« sagte der Große schließlich und keuchte noch von dem schnellen Laufen. »Ich wollte dir sagen ... das mit dem Hamster ... das tut mir leid.«
Jens blinzelte den großen Jungen ängstlich an.
Ja, er erkannte ihn wieder.
»Ich habe dir einen Hamster gekauft!« sagte Martin und drückte Jens einen kleinen Karton in die Hand.
Zunächst wollte dieser den Karton nicht nehmen. Als er aber den großen Jungen anblickte, spürte er den Schmerz in seinen Augen.
»Wieder ein Hamster?« fragte er zögernd.
»Meine Schwester geht in deine Klasse!« sagte der Junge. »Ich bin Martin Thamer.« Er seufzte.
»Es tut mir leid!«
Dann wandte er sich um und rannte davon.
Jens sah ihm nach. Er hatte noch immer die Schachtel in der Hand.
Und er hörte es in dem Karton leise rascheln.

Rolf Krenzer

ALLE TIERE, DIE DA MIT UNS LEBEN

Alle Tiere, die da mit uns leben, sehn uns an:
Sagt, ihr Menschen, was habt ihr mit unserm Haus getan?

Alle Bäume, unsre grünen Nachbarn, fragen stumm:
Sagt, warum, warum, ihr Menschen, bringt ihr uns denn um?

Alle Flüsse, alle Seen und die Meeresflut
klagen an: Ihr Menschen müßt doch wissen, was ihr tut!

Hans Baumann

ZEITUNGSHOFFNUNG

Ich schlage die Zeitung auf
und lese
die eine Seite.
Schlagworte:
Rüstungswahn geht weiter
Waldsterben bedroht uns
Vereinsamung nimmt zu
Tierversuche für Kosmetik
— Ist die Erde schon verloren?

Ich blättere um
und lese
die andere Seite.
Taten:
Friedensdemo gut besucht
Jugendliche pflanzen Bäume
Kinder helfen Alten
Greenpeace rettet Robben.
— Solange es die andere Seite
noch gibt,
ist die Erde nicht verloren.

Joachim Kaps

Im Land Gedankenlosigkeit

Nichtigkeiten — Wichtigkeiten
Wünsche — Träume

Was macht unser Leben aus? Was ist wichtig, wirklich wichtig? Sind es die Dinge, die wir meinen, so wichtig nehmen zu müssen? Weil wir sie so wichtig nehmen, vergessen wir darüber das, was wirklich wichtig ist und was uns so leicht verlorengeht. Als ich damit begann, mich mit den Texten, Meditationen und Gedanken dieser Sammlung intensiv auseinanderzusetzen, war es das Lied »Verluste«, das ich während eines Besuches in der DDR von Gerhard Schöne hörte, das mich erschütterte und heute noch beeinflußt. »Ist zerkratzt ein Auto, dann ist das schlimm, sagen die Großen, Autos muß man pflegen! Geht ein Kind verloren in einem Kind, trauern drum die Bäume, weinen die Vögel« (LP »Spar deinen Wein nicht auf für morgen«, Amiga).
Birgitt Siegl hinterfragt den immer verwendeten »Herzlichen Glückwunsch!«. Oft wird deutlich, daß Kinder, auch wenn sie sehr ernste Fragen stellen, von Erwachsenen nicht ernstgenommen werden, daß aber Erwachsene, wenn sie dem größten Unsinn entsprechenden Nachdruck verleihen, andere Erwachsene dazu bringen, sich diesem Unsinn auch noch anzuschließen, ihn zu glauben — gegen besseres Wissen. Das mag bei kleinen Späßen ohne weitere Folgen bleiben, es wird fatal, wenn es zur schicksalhaften Weiterentwicklung kommt.
Die Texte sprechen auch Träume an, Träume, die vielleicht wichtiger werden können als das, was wir real erleben. Und Wünsche. Welche Wünsche? »Wir sollten öfter nach oben, zum Licht, zur Sonne schauen, um Göttliches zu ahnen. Um materielle, nutzlose Wünsche zu vergessen und uns Dinge zu wünschen, die unser Leben groß und schön und sinnvoll machen« (Birgitt Siegl in »Wo die Wünsche enden«). In zahlreichen Texten werden Erinnerungen beschrieben, die für unser Leben so wichtig sind; Erinnerungen an die Kindheit, an die Großmutter, an kleine liebenswerte Dinge, die unser Leben reich machten. Träume, Wünsche, Erinnerungen — Kostbarkeiten unseres Lebens.

IM LAND GEDANKENLOSIGKEIT

Im Land Gedankenlosigkeit
macht keiner sich Gedanken.
Wer auffällt,
weil er hinterfragt
und etwas wagt
und etwas sagt,
den weist man in die Schranken.
In diesem unserm Land
ist, wer sich nach der Decke streckt,
nicht kritisiert
und nicht aneckt,
am meisten anerkannt.

Im Land der Einfallslosigkeit
regieren Paragraphen.
Wer aufmuckt,
der wird zum Problem,
unangenehm
und unbequem
und weckt die, die noch schlafen.
In diesem unserm Land
ist, wer auf Macht vertraut
und baut
und wem nicht vor Raketen graut,
am meisten anerkannt.

Im Land des Mißtrauns und des Streits
laßt trotzdem uns vertrauen.
Gebraucht das Herz
und den Verstand.
Gebt euch die Hand
und knüpft ein Band
und helft,
den Frieden bauen.
In diesem unserm Land
bringt der, der andere bedroht,
sich dadurch selbst in größte Not
und selbst um den Verstand.

Im Land der Hoffnungslosigkeit
laßt uns trotz allem hoffen,
Anfang und Ende sind bei Gott.
Er schenkt das Leben
und den Tod.
Gott ist
mit uns betroffen.
In diesem unserm Land
steht der,
der seinen Bruder liebt
und statt der Faust
die Hände gibt,
mit Gott selbst
Hand in Hand.

Rolf Krenzer

Tragen
tragen müssen
tragen können
tragen wollen
tragen dürfen

ertragen
ertragen müssen
ertragen können
ertragen wollen
ertragen dürfen

getragen
getragen werden
und
mittragen

Elinor Lange

GUT GEPFLEGT…

Es ist doch jeden Samstag (Sonnabend) dasselbe: Kaum hat der graue Morgen ausgegähnt, zieht es die Emsigen unter unseren Nachbarn zu ihren Lieblingen. Dazu tragen sie so eine Art Uniform: grauer Arbeitsmantel, schwarze Gummistiefel. An einem Arm baumelt ein knallbunter Plastikeimer, am anderen eine größere Bürste. Lappen und Schwamm lugen aus den Taschen.
Nach dem freudigen Wasserholen oder dem allseits beliebten Wasserschlauchentrollen beginnt es: Sorgfältig wird das »Fell« des treuen Freundes aus Blech und Chrom gewaschen. Liebevoll. Zärtlich. Mit Gefühl. Mit viel, viel Gefühl.
Täusche ich mich? Oder ist da nicht in manchen Augen ein glückliches Leuchten zu sehen? Und da — räkelt sich dort drüben nicht eben ein blecherner »Vierbeiner« wohlig, entspannt und dankbar? Mag sein. Auf jeden Fall hat diese Zeremonie bei einigen andächtig vor sich hinarbeitenden Nachbarn etwas Würdevolles, etwas Erhebendes.
Nachdem (eine halbe Stunde lang) Wasser über den gekrümmten Blechrücken des vierrädrigen Gefährten geflossen ist, meinen oberflächliche Autowäscher, sie wären jetzt fertig. Weit gefehlt! Das hat der treue Kamerad nun wirklich nicht verdient.
Bei den Gründlichen geht's jetzt erst richtig los: Mit Lappen, die mindestens so weich sein müssen wie spezialbehandelte Babywindeln, wird peinlich genau an allen Ecken und Kanten getrocknet, gebohnert und das Ganze mit allerlei Tinktürchen behandelt. Wehe dem, der hier spart: Nach zwei arbeitsreichen Stunden sollte man sich wenigstens betrachten können wie in einem Spiegel mittlerer Qualität.
Auf nassem Pflaster glänzt er selbstzufrieden vor sich hin — ein strahlender Held der Straße. Zärtlich streicheln die Dankbaren ihrem Liebling noch einmal über den Rücken. Bei einigen scheint es, als wollten sie sich mit einem Küßchen verabschieden.
Die besonders Gründlichen, die wahren Autopfleger, nehmen sich drei oder vier Stunden Zeit. Für sie zählt auch das »Innenleben«: Das Bonbonpapier, die Zigarettenasche, die Zeitung von vorgestern — man ist ja nicht pingelig, aber Ordnung muß sein.
Doch die wirklichen Experten haben nicht einmal ein verächtliches Schielen aus den Augenwinkeln übrig. Dafür haben sie keine Zeit. Schließlich muß auch der Motor zerlegt und geputzt werden. Und dann ist ja nicht unwichtig, wie das brave Gefährt von unten aussieht. Ein Tag in der Woche muß dafür doch »drin« sein…

Und wenn sie nicht gestorben sind, dann waschen, trocknen, bohnern, polieren, putzen und streicheln sie ihn zum Wochenendbeginn aufs neue: ihren putzigen, ihren dankbaren Liebling.

Peter Friebe

Wir haben gelernt,
lauthals alles zu bereden,
lauthals zu beschreien,
lauthals Musik zu machen
und mit dröhnenden Lautsprechern um uns herum
zu leben,
aber
die Stille,
das Zuhören,
das Aufeinanderhören
und das Schweigen
für den Frieden
und sein stilles Lied
lernen wir
erst nach und nach,
und andere
können es noch nicht ertragen.

Wir haben gelernt,
mit Raketenstationen
und Munitionsdepots
um uns herum zu leben,
aber die noch unartikulierten Töne
und Stimmen
und das Weinen
eines kleinen Kindes
in unserer Nähe
empfinden viele
als unnötige Störung.

Rolf Krenzer

LEBEN LERNEN

Wir haben gelernt
unsere Wärme
für uns zu behalten
um unsere eigene Eiszeit
aufzutauen
und schaffen so
Eiszeit um uns.

Wir haben gelernt
uns nur
auf uns selbst zu verlassen
auf andere nur dort:
wo wir es uns
leisten können.

Wir haben gelernt
was man beachten muß
um seine eigene Haut
zu retten.

Wir haben gelernt
daß es töricht
ist
und selbstmörderisch
allzuviel
von sich selbst wegzugeben.

Wir haben gelernt
daß auch
der Freund
Feind
sein kann.

Wir haben gelernt
vorsichtig zu sein
wenn wir von anderen
nehmen
um nicht gezwungen zu sein
zuviel
zu geben.

Wir haben gelernt
vorsichtig umzugehen
kalkuliert
mit dem Risiko
das Leben heißt.

Nur
das Leben
haben wir
nicht
gelernt.

Fritz Köbler

MEH

Er heißt Mehmet. Aber nur seine Eltern und die Lehrerin nennen ihn bei seinem richtigen Namen. Die Kinder rufen ihn einfach Meh. Er hat sich daran gewöhnt.
Meh wohnt in einem Block an der breiten Ausfahrtstraße. Er gehört der Maschinenfabrik, in der Mehs Vater arbeitet. In diesem Block ist Meh geboren. Hier fühlt er sich zu Hause.
Meh geht in die erste Klasse. Sein Schulweg führt ihn durch eine Unterführung. Das Schulhaus liegt auf der anderen Seite der Straße. Meh geht gern zur Schule. Meh lacht oft. Die andern Kinder mögen ihn.
Meh hat Rechnen und Schreiben gelernt. Am liebsten liest er. Die Lehrerin lobt ihn. Die Welt ist voller Worte. Meh entdeckt jeden Tag neue. Auch die Betonwände der Unterführung sind vollgeschrieben.

TÜRKEN RAUS!

buchstabiert er.
Mehmet ist ein Türkenkind.

Max Bolliger

WAS DU MEINST, IST GOTT

Nenne es Wahrheit
oder nenne es Liebe,
oder nenne es Güte,
was du meinst,
ist immer Gott.
Und nennst du es Gott,
dann ist es Liebe,
ist es Wahrheit,
ist es Güte.

Birgitt Siegl

GEBET

Herr
unachtsam und lieblos
voller Ungeduld und Ungerechtigkeit
undankbar und unlustig
gehe ich um
mit den Menschen
in meiner Nähe.
Ich tue es
weil
ich mir selbst
nicht gut bin
mir selbst
zur Last falle
mir selbst
ohne Achtung
ohne Dank
ohne Zufriedenheit
begegne
lustlos bin
und oft
voll grausamer Freude
mich selbst zu quälen.
Hilf mir
mich zu sehen
wie du mich gemeint hast
damit
ich mich
annehmen kann
und
Menschen
in meiner Nähe
Spiegel
sein kann
deines Ebenbildes.

Fritz Köbler

GESTÄNDNIS

Ich lese in deinem Gesicht
das erstaunte Erschrecken
eines Menschen
der dem Schmerz
den er nicht zufügen will
nicht
ausweichen kann –

Meine
Hoffnung
hatte
einen anderen Text
in deine Züge
geschrieben.

Fritz Köbler

GÜTIGER VATER

So, wie sich ein gütiger Vater
dem Kind zuneigt
und ihm über den Kopf streichelt,
so neigt sich die Ewigkeit
der Erde zu und streichelt sie
mit Sonnenstrahlen,
damit Hoffnung und Ahnung
nicht untergehen.

Birgitt Siegl

WENN ICH GROSS BIN

Wenn ich groß bin,
will ich alle Noten in den Schulen abschaffen,
damit sich solche Kinder wie mein Freund Michi
nach einem verhauenen Diktat wieder heimtrauen
und damit sie sich nicht übergeben müssen,
wenn die Zeugnisse verteilt werden,
und nicht davon reden müssen,
wie schön es wäre, tot zu sein.

Wenn ich groß bin,
will ich verbieten, daß in den Supermärkten
die Tuben und Schachteln und Dosen
viel zu groß sind für das, was darin ist,
und daß die Reklame so lügt
und daß schon im September
Schokoladen-Nikoläuse in den Regalen liegen.

Wenn ich groß bin,
lasse ich keine Tanker über die Meere fahren,
damit keine Möwe mehr an verklebten Federn sterben muß.

Wenn ich groß bin,
will ich alle Uniformen abschaffen,
weil die Menschen in Uniformen so gleich aussehen
und weil sie dann so leicht vergessen,
daß ein Mensch menschlich sein soll.

Wenn ich groß bin,
will ich Müllcontainer
in allen Dörfern und Städten aufstellen lassen
für die vielen Waffen, die wir in unserem Land
nicht brauchen und nicht wollen,
und alle diese gefährlichen Raketen
will ich verschwinden lassen — aber wohin?
Darüber muß ich noch nachdenken.

Wenn ich groß bin,
will ich all den Leuten Denkmäler bauen,
die sich für uns, die Kinder,

gegen Atomkraftwerke und Munitionsbunker
und unnötige Startbahnen wehrten,
wie zum Beispiel Tante Karin und ihr Freund, der Max.

Wenn ich groß bin,
will ich alle die Butterberge und Milchpulverberge und Obstberge
dorthin schicken, wo die Leute hungern,
und die Lehrerberge will ich dorthin schicken,
wo die Leute keine Schulen haben,
und die Geldberge will ich dorthin schicken,
wo die Leute kein Geld haben,
um sich Brunnen zu bauen und Saatgut zu kaufen
und Krankenhäuser einzurichten.
O doch, in meiner Welt *wird* es Geldberge geben:
All das Geld, das uns bleibt,
wenn wir keine Waffen und Soldaten mehr bezahlen müssen!

Wenn ich groß bin,
will ich nach Rußland reisen und sehen,
ob die Russen wirklich so böse sind,
wie das erzählt wird.

Wenn ich groß bin,
will ich anders sein als meine Mutter,
die über die Nachbarn tratscht
und mich beschwindelt
und mich nicht mit dem Hassan spielen läßt
und auch nicht mit der Silke,
weil ihr Vater im Knast war,
und weil sie über die Leute im Schweigekreis lacht
und die Coca-Cola-Büchsen
aus dem Autofenster wirft.

Ich hab' viel vor, wenn ich groß bin.
Ich will alles ganz anders machen.
Ich will die Welt besser und schöner machen.

Mein Vater hat gesagt,
als er so alt war wie ich,
habe er auch vorgehabt,
die Welt zu verbessern.
Aber das gewöhne man sich ab,

unterwegs, beim Großwerden.
Heute fragt er immer nur:
Was geht mich das an? oder
Was bringt mir das ein? oder er sagt:
Bleib auf dem Teppich!
Und er hat sich wieder einen großen Mercedes gekauft,
obwohl wir doch nur drei sind.
Was denkt man denn sonst von uns?
sagt meine Mutter.

Ich möchte nicht so werden wie meine Eltern,
wenn ich groß bin.
Ich muß sehr auf mich aufpassen, unterwegs.

Gudrun Pausewang

Einmal möchte ich ein Regentropfen sein,
der auf der Haut eines Menschen zerplatzt.
Einmal möchte ich eine riesige Meereswoge sein,
die sich schäumend überschlägt.
Einmal möchte ich eine Schneeflocke sein,
die sanft zur Erde schwebt.

Ich glaube,
ich war schon einmal ein Regentropfen,
eine Meereswoge, eine Schneeflocke,
denn irgendwie sind sie mir so seltsam vertraut…

Gundula Menking

DAS TESTAMENT

Der alte Mann fühlte, daß seine Zeit gekommen war.
Vor seine Augen hatte sich ein grauer Schleier gelegt, die Hände zitterten, gebeugt war sein Gang, zögernd und schleppend.
Der alte Mann wollte nicht länger warten. »Hilf mir, Gott, daß ich es richtig mache«, flüsterte er immer wieder in einsamen Nächten, die ihm kaum noch Schlaf schenkten.
Eines Nachts verließ er sein Bett mit der durchgelegenen Matratze, hüllte sich in seinen Schlafmantel, tastete sich zu seinem Arbeitszimmer und setzte sich an den großen Schreibtisch. Seine Finger folgten fast zärtlich den alten Kratzspuren auf der Schreibtischplatte, fuhren auf ihnen entlang. Sie erzählten von früherer Arbeit mit Stapeln von Büchern und Akten, einer Arbeit voll Lust und Schaffensdrang.
Bedächtig öffnete der Mann die Schublade. Seine Hände suchten einen Umschlag. Mit steifen Fingern öffnete er ihn, zog ein Papier heraus und entfaltete es mühsam. Angestrengt blickte er auf die Zeilen, die er dicht vor die trüben Augen hielt. Mit bebenden Lippen las er lautlos den Inhalt des Papiers. Dann lehnte er sich zurück, schloß die Augen, dachte nach, lange, nach innen gewandt.
Schließlich richtete er sich mit einem Ruck auf. Energisch zerriß er mit ausholender Bewegung das Papier und zerknüllte die Papierreste. Eine knisternde Kugel lag im Papierkorb.
»Hilf mir, daß ich es richtig mache«, flüsterte er wieder. »Mir tut mein Entschluß so weh. Aber er muß sein. Peter muß lernen, daß ihm nicht alles wie selbstverständlich gehören kann.«
Der Mann beugte sich über ein neues Papier. Langsam füllte sich das Blatt mit krakeligen Schriftzeichen. Die Unterschrift, noch immer elegant und zügig, beendete den Schreibvorgang. Der Mann legte den Stift ab, faltete sorgfältig das Papier, steckte es in einen neuen Umschlag und verbarg ihn in der Schreibtischschublade. Der Stuhl scharrte über den Teppich, als der Mann sich ächzend erhob. Eine zitternde Hand löschte das Licht. Das Bett mit der durchgelegenen Matratze nahm den müden Körper wieder auf. Der Mann schlief ruhig und fest.
Einige Nächte später träumte er in eine andere Welt hinüber. Nachdem man ihn zum Friedhof gebracht hatte, ordnete der Sohn die Papiere seines Vaters. Umwälzende Pläne hatte er im Kopf. Das Haus würde umgebaut werden: eine Mauer sollte eingerissen, ein Kamin gebaut werden. Der Garten würde neu gestaltet werden. Endlich sollte die Birke, die vor dem Fenster stand und den Raum verdunkelte, gefällt werden. Alles war reichlich überlegt. Bald könnte die Arbeit beginnen.

Der Sohn fand den Umschlag schnell. Als er das Papier ungeduldig entfaltete und einen Blick darauf warf, erstarrte er. Seine Augen flogen über die Zeilen mit der unregelmäßigen Schrift, immer und immer wieder, als könnte er den kurzen Inhalt nicht fassen. Erst, als er die Zeilen auswendig wußte, hob er den Kopf und starrte hinaus. Er übersah die Birke vor dem Fenster, bemerkte nicht das leise Beben der zarten Äste, empfand nicht die Schönheit des schwarz-weiß gemaserten Stammes. Gedankenverloren schaute er in eine nahe Ferne. »Du sollst nicht begehren deines nächsten Haus und alles, was sein ist«, murmelte er. »Was sagst du da, Peter?« Die forschende Stimme seiner Frau riß ihn aus den schweren Gedanken.
Seine Hand fuhr über die Stirn, als wolle er unwillkommene Gedanken fortstreichen. Ohne seine Frau anzusehen, sagte er tonlos: »Es ist nichts... nur... Vater hat mich enterbt. Kein Umbau, kein Garten mit einem Teich, wo du Goldfische halten wolltest, kein... Das Haus soll der Kirche gehören. Nicht mir, obwohl ich doch ein Anrecht darauf habe... Aber wenn ich es mir überlege: Er war doch recht komisch in letzter Zeit, der Vater. Ob er noch gesund war, im Kopf meine ich?« Seine Stimme wurde lauter: »Vielleicht können wir das Testament anfechten... Das Haus steht mir doch zu! Ich bin sein Sohn. Hat er das vergessen? Ich hole mir mein Recht!«
Die letzten Worte schrie er hinaus, haßerfüllt und zugleich triumphierend.
Wieder scharrte der Stuhl über den Teppich, ruckartig und fast gewalttätig.

Heidi Kaiser

TRAUM

Einmal
will ich ganz
ohne Angst sein
ohne Wut
ohne Trauer
einmal
die Hoffnung
vollständig besitzen
einmal
glauben
vor Glück
nicht vor Verzweiflung
einmal
befreiende Ketten
voller Lachen
lachen
einmal
mein Rückgrat
ganz gerade
spüren
und die Zukunft
lebendig lockend
hell
vor mir sehen
einmal
froh sein
weil ich so jung bin.

Monika Schlieter

WICHTIG IST DAS HERZ

Unsere Ferien verbrachten wir immer am selben Ort. Das Dorf war uns zur zweiten Heimat geworden. Wir kannten viele der Dorfbewohner und nahmen teil an ihrem Leben, an Freud und Leid. Man kam dort anderen Menschen schneller nahe als in der Stadt. An einige erinnere ich mich noch ganz genau. Zu ihnen gehört die alte Marie.

Sie sah merkwürdig aus in ihren altmodischen Kleidern, mit dem Vogelnest aus wenig Haaren mitten auf dem Kopf und dem großen, flatternden Kopftuch darüber. »Vogelscheuche«, sagten die Erwachsenen, aber nur, wenn sie es nicht hörte. Die großen Buben machten sich offen lustig über sie. Wenn sie allein den Berg hinaufstieg und ihrem Häuschen zueilte, versperrten sie ihr den Weg und riefen allerlei dummes Zeug. Verwirrt blieb sie stehen — wußte nicht, ob sie nach rechts oder nach links ausweichen sollte. Wehe den Spöttern, wenn meine Mutter dazukam. So aufgebracht erlebten wir sie nur selten. Sie verjagte die Burschen und brachte die alte Marie in Sicherheit. Auch andere wehrten sich für sie. Aber alles half nichts, bis einmal etwas geschah und sie sich durch ihr Verhalten selber Respekt verschaffte im Dorf.

Die alte Marie trug ihr kleines Vermögen immer bei sich in einer großen, beutelartigen Tasche. Zu dieser Tasche, die sicher an ihrem Arm herumbaumelte, hatte sie mehr Vertrauen als zu einer Bank, die sie sich doch nicht recht vorstellen konnte. Aber Diebe sind schlau. Eines Tages war das Geld weg. Die alte Marie konnte sich nicht erklären, wie so etwas möglich war. Sie nahm den Verlust gelassen hin. In ein paar Monaten, sagte sie, sei ja Ostern, dann werde der Dieb gewiß zur Beichte gehen, und der Pfarrer werde ihm schon sagen, wie nötig sie ihr Geld brauche.

Wochen vergingen, Monate vergingen, die alte Frau wartete geduldig. Die Fastenzeit begann, Ostern kam, aber was nicht kam, war das gestohlene Geld. Wir Kinder waren gespannt, ob die alte Marie jetzt dem Dieb böse sein würde. Böse? Nein, traurig war sie. An ihr Geld dachte sie überhaupt nicht. Sie klagte nur darüber, daß ein Mensch etwas Böses getan hatte und es nicht bereute, auch an Ostern nicht.

Ich ging nach Hause und erzählte diese Neuigkeit meinen Eltern. »Von der alten Marie können wir viel lernen«, sagte die Mutter. »Wie sie aussieht, ist nicht wichtig. Wichtig ist das Herz.«

»Vergiß das nie«, setzte der Vater hinzu. »Den meisten Menschen ist das Geld lieber als ihre eigene Seele. Die alte Marie kümmert sich mehr um die Seele des Diebes als um den Verlust ihres Vermögens. Das ist Nächstenliebe.«

Vater rechnete genau und gut und konnte mit Geld geschickt umgehen. Worte wie Seele und Nächstenliebe sprach er nur ganz selten aus. Wenn er es einmal tat, hinterließ das einen tiefen Eindruck.
Nicht nur wir Kinder, auch die anderen Dorfbewohner behandelten die alte Marie jetzt mit Respekt. Wenn sie nach Hause ging, versperrte ihr niemand mehr den Weg. Und auch das Wort Vogelscheuche hörte man nicht mehr.

Ursula Burkhard

GERÜCHE

Marco stand mit einer schweren Einkaufstasche in der langen Schlange vor der Kasse im Kaufhaus. Wie lange sollte denn das noch dauern? Nahm denn das überhaupt kein Ende? Und wieso packte die Frau da vorn immer noch was und noch was aus dem Einkaufswagen? Soviel konnte doch kein Mensch verbrauchen! Müde war Marco. Und die Beine taten ihm weh. Und es ging und ging nicht weiter. Kein Stück. Nichts bewegte sich. Da vorne türmten sie Lebensmittel auf das schwarze Beförderungsband, kauften ein, als wäre das heute die letzte Gelegenheit.
Und da schichtete eben ein Mann einen dicken Lauchstengel auf ein Netz mit großen Orangen. Marco atmete schwer und ungeduldig. Ihm ging heute alles zu langsam.
Und da, plötzlich durchzuckte ihn eine angenehme süße Empfindung. Wie kam das denn? Was war das?
Der Geruch von Lauch und Orange hatte ihn mit einem Schlag zurückversetzt in die Küche seiner Tante, bei der er als kleines Kind manchmal die Weihnachtstage verbrachte. Dort hatte es so gerochen! Lauch und Orange. Marco atmete den Geruch von Lauch und Orange tief ein. Er machte die Augen zu und holte die Küche der Tante in sein Bewußtsein. Er erinnerte sich.
Und jetzt hatte er es plötzlich gar nicht mehr so eilig.
Er blieb stehen und atmete den Duft von Lauch und Orange ein, bis die Kunden hinter ihm ungeduldig wurden.
Und die Kindheitsgerüche machten Marco glücklich an diesem Tag. Seine Einkaufstasche war federleicht, und er pfiff vor sich hin, während er die Straße überquerte.

Frieder Stöckle

LIBER FATER

Liber Fater im Himel,
ich fersteh nicht,
warums so wichtig sein sol,
daß Fater mit V und nicht mit F
geschrieben wird.
Unser Leerer regt sich auf,
wenn ich diese beiden Buchstaben ferwecksle.
Er fengt an zu brülen
und knalt mein Dicktatheft aufs Pullt
und drot mit einer Fümf.
Dabei hören sie sich gans gleich an,
wenn mann sie ließt.
Wegen disem kleinen unterschiet
braucht er doch keinen solchen wind zu machen.
So wie ich dich kenne, liber ~~F~~ Vater,
findest du daß doch auch nicht so wichtig.
Du würdest noch nicht einmal Wütent,
wenn ich das V mit einem K ferweckseln würde,
aus Fersehen natürlich.
Dich hett ich gern alz Leerer,
weil dir nur das wichtige wichtig ist.
Für dich würd ich Fater imer mit V schreiben,
weil ich dich lib hap.

Gudrun Pausewang

IM AQUARIUM

Konversation zwischen Welsin und Wels
(Süßwasserbecken drei, unterm Fels):
»Siehst du alle die Kindermützen
hinter den Grottenfelsenspitzen
und den Herrn mit der roten Nase
dort, gleich hinter dem dicken Glase?« –
»Ich frag' mich manchmal, wie die leben,
rundum nur von Luft umgeben!«

Meinolf Schübeler

DEM LIEBEN HUND DAS BESTE!

Früher, da lebte jeder Hund von der Hand in den Mund — von der Pfote ins Maul sozusagen. Unverwertbares aus der Küche, Mitgebrachtes aus Wirtshaus oder Kantine kamen dem vierbeinigen Kostgänger gerade recht. Schmatz!

Heute aber ist das nicht mehr so einfach. Der fortschrittliche Hund (das ist der, der nicht von gestern ist) lebt aus der Dose. »Ihr Hund braucht XXY«, heißt es auf allen Fernsehkanälen. Und »Ihr Liebling träumt von YXY!« schreit es uns aus jeder Illustrierten farbenfroh entgegen. Schließlich sollen die Bellos, Waldis und Hassos auch nicht »leben wie die Hunde«...

Aus den USA jedoch vernimmt der wache Zeitgenosse ein besonders freudiges Gebell: Hier kämpfen die Hundefutterhersteller um jede Dose Vierbeiner-Menü, die sie an den Hund bringen wollen. Selbst für amerikanische Verhältnisse geht es da um einen saftigen »Knochen«: um zweieinhalb Milliarden Dollar nämlich. Ja, diesen Betrag wenden die US-Amerikaner Jahr für Jahr zur Atzung ihrer vierbeinigen Lieblinge auf. Und da kann es beispielsweise dem Hersteller des Produktes »Löffelvoll« nun wirklich nicht gleichgültig sein, ob er mit fünf, acht oder gar mit zehn Prozent an diesem (Hunde-)Kuchen beteiligt ist.

Jetzt wird verständlich, warum auch der Hundefutter-USA-Markt bis ins Detail wissenschaftlich erforscht wird. Die bedeutendsten »Erkenntnisse«: 1. Gekauft wird der Hund zwar vom Mann, seine »bessere Hälfte« aber sorgt für das notwendige Futter. 2. Hunde sind ein bewährtes Statussymbol. Klar, daß sein(e) Besitzer(in) nur das Beste füttern will! 3. Der Hund beruhigt: Der öfter mal auswärts weilende Herr des Hauses hat kein so schlechtes Gewissen, wenn er seine Angetraute allein lassen muß — sie hat ja einen Pudel, einen Pinscher oder einen Pekinesen zum »Hausfreund«. 4. Ein Hund dient vielfach als Kinderersatz; er wird dementsprechend von allen Seiten verwöhnt (und das zur gleichen Zeit, in der viele Millionen Kinder dieser Erde akut vom Hungertod bedroht sind. Doch, wen interessiert das schon?).

Aber wie gesagt: das alles ist in den USA so. In unserem bundesrepublikanischen (Hunde-)Land aber ist das sicher ganz, ganz anders...

Peter Friebe

HERZLICHEN GLÜCKWUNSCH!

Herzlichen Glückwunsch! Er geht uns leicht von den Lippen, der herzliche Glückwunsch per Handschlag oder Telefon und fließt leicht aus der Feder, wenn er schriftlich abgefaßt wird.
Wir wünschen Glück von Herzen zu allen möglichen Anlässen. So vielen, vielen Menschen, immer wieder. Und es sind nicht nur Menschen dabei, die unserem Herzen so nahe stehen, daß der Glückwunsch auch ehrlich aus demselben kommt. Wer hat nicht schon Glück gewünscht und dabei an alles mögliche, aber bestimmt nicht an das Glück des anderen gedacht. Oder, noch ärger, dabei genau das Gegenteil gedacht. Die Lippen haben Glück gewünscht, das Herz mißgönnt das Glück: »Ausgerechnet der! Warum soll der noch Glück haben? Dem geht's doch schon so gut!«
Es ist eine Lüge, von Herzen Glück zu wünschen, wenn nicht das Herz an diesem Wunsch beteiligt ist. Eine Lüge, die sicher nicht empfunden, aber täglich vielfach ausgesprochen, aufgeschrieben wird. Wir sollten es wieder ehrlich meinen, wenn wir einem Glück wünschen. Und das Lachen, das wir dabei verschenken, soll aus dem Herzen aufsteigen und nicht nur eine gymnastische Übung für die Gesichtsmuskulatur sein.
Herzlichen Glückwunsch dem, der es schafft, herzlich Glück zu wünschen!

Birgitt Siegl

ZWIEBACK UND PFLAUMENMARMELADE

Erinnerungen an meine Großmutter

In deinem Garten bin ich zweimal aus dem Apfelbaum gefallen, lag im ungemähten, hohen Gras und glaubte, jetzt müßte ich wohl sterben. Aber nichts dergleichen geschah. Ich stand wieder auf, heulte noch ein wenig, damit du mich in die Arme nehmen und trösten konntest... Und dann bugsiertest du mich hinauf in die Wohnküche und sagtest: »Nun iß erst mal was nach dem Schrecken!«

Du holtest die Zwiebacktüte aus dem weißgetünchten Küchenschrank von Anno dazumal und verschwandest für einige Augenblicke in der Besenkammer, wo deine Vorräte an Eingemachtem und Selbstgebrautem versteckt waren, und kehrtest schließlich mit einem herrlichen Glas Pflaumenmarmelade zurück, an dem meine Kinderaugen voll Begeisterung hingen und dessen Anblick genügte, die Ahnung lukullischer Freuden wachzurufen.

Ein Zwieback, ein wenig gute Butter, viel Marmelade... Die Welt war wieder in Ordnung. Mehr noch: es schien mir keinen größeren Genuß und keine heftigere Leidenschaft zu geben, als Zwieback mit Pflaumenmarmelade zu essen. Gemütlich war es dann bei dir in der alten Wohnung aus der Vorkriegszeit, mit rotgestrichenen Holzböden, mit einem riesigen Kachelofen, mit einem Heiligenbild über der Schlafstätte, mit dem Geruch nach Bohnerwachs und alten Möbeln.

Du warst eine gute Zuhörerin. Du hattest Zeit. Vor dir lagen keine Termine, ausgenommen das Treffen mit deinen Freundinnen und Bekannten. »Aber die sterben weg...«, wie du Jahr für Jahr zu deinem Geburtstag feststelltest, wenn die Tafelrunde wieder einmal kleiner geworden war.

Man konnte dir alles erzählen. Du warst dankbar für jeden Traum, den ich ausspann und den du aufgriffst, so als wärst du bereit, ihn mit mir auszukosten. Dann warst du ganz jung, Oma, und ich wollte keine andere Spielgefährtin als dich. Aber beim Spazierengehen war ich dir immer ein paar Schritte voraus und lief dreimal die Strecke vom Haus und zurück zu dir, bis du angelangt warst.

Irgendwann hörte dann mein Interesse für Apfelbäume, Zwieback und Pflaumenmarmelade auf. Nicht von heute auf morgen, sondern wie ein langsamer, unbewußter Abschied, ein Sich-Distanzieren. Hast du es damals bemerkt, wie ich mich von dir zu lösen begann und andere Spiel-

gefährtinnen fand, solche, die meinen raschen Schritten folgen konnten und jeden Weg dreimal mit mir gehen wollten?
Wir haben uns dann aus den Augen verloren...
Heute komme ich manchmal zu dir, um dich ein wenig zu bewundern, wie du immer noch voller Lebensgeist und Freude bist. Du hörst mir zu wie damals, aber statt Zwieback und Marmelade bietest du mir Glühwein an. Ob Sommer oder Winter — immer hast du noch eine Flasche Wein in der Besenkammer und Gewürze im Küchenschrank. Und wenn es draußen noch hell ist, ziehst du die Vorhänge zu und zündest die Kerzen an, die drei Kerzen an dem alten Kandelaber, Kerzen, die schon gelb geworden sind von den Jahren. Ich glaube fast, du bewahrst sie für mich auf: die Kerzen und die Jahre. Manchmal glaube ich, du wirst noch viel älter werden als ich, und eines Tages, wenn ich selbst mit langsamen Schritten zu dir komme und niemand mehr mit mir die Wege geht, wirst du anfangen, mir mein Leben ein zweites Mal zu erzählen.
So gut hast du zugehört...

Wolfgang Poeplau

GROSSMUTTER SAGT

Es hat eine Zeit gegeben,
da war das Brot sehr knapp.
Da schnitt ich eurem Vater
eine einzige Scheibe ab

und sagte: »Bis zum Abend
wird das die letzte sein.«
Er nickte und packte sorgfältig
die schmale Stulle ein.

Doch auch in besseren Jahren
gab es manch hungrige Leut'.
Nie wurde Brot weggeworfen —
und heute? Wie ist es heut?

Rudolf Otto Wiemer

ICH WÜNSCHE MIR...

Bis gestern abend, oder genauer gesagt, bis heute nacht um zwei, habe ich meine Zähne nicht zur Kenntnis genommen. Sie waren da, so wie alles andere an mir auch da ist. Stillschweigend und selbstverständlich. Wer denkt schon an seine Zähne? Ja, beim Zähneputzen morgens und abends — bei ganz Eifrigen vielleicht auch noch mittags —, da wird der Zähne gedacht. Elektrisch oder per Handbetrieb werden sie gebürstet, aber es sind höchstens einige Minuten, die dieser Vorgang in Anspruch nimmt.
Aber seit heute nacht um zwei zieht sich mein ganzes Ich in einem linken oberen Backenzahn zusammen. Da brodelt's und kocht's. Da zieht es nach allen Seiten. Zahnweh!
Ich wünsche mir: kein Zahnweh! Und wälze mich hin und her. Das Quietschen der Matratze schlägt mir auf den Zahn. Draußen rattert ein Güterzug vorbei. Er rattert durch meinen Zahn. Auch der Wecker tickt in meinem Zahn. Gestern noch war mir dieser Zahn nicht bewußt. Ein Fremder sozusagen. Und jetzt ist er ganz bewußt da. Und wie! Ob noch mehr Menschen zahnwehgeplagt in ihren Betten liegen? Ein flüchtiger Gedanke nur. Es interessiert mich nicht wirklich. Nur mein Zahnweh ist jetzt wichtig. Ich wünsche mir nichts, nichts, nichts, nur daß das Zahnweh aufhört.
Ich stehe auf, gehe zum Medikamentenschrank und suche, ob noch Zahnwehtabletten da sind. Sie sind es, und ich schlucke davon. Dann lege ich mich wieder ins Bett und warte. Warte darauf, daß mein einziger Wunsch in Erfüllung geht: das Ende der Zahnpein.
Zehn, fünfzehn Minuten.
Dann wird er leiser, der Schmerz, immer leiser. Ähnlich einer Sirene, die laut heult und dann langsam verklingt, noch ein wenig nachhallt und dann verstummt. Jetzt ist auch das Zahnweh stumm. Ich wünsche mir, daß ich schnell wieder einschlafe, daß die Kinder nicht zu früh aufwachen, daß morgen wieder die Sonne scheint und wenn es geht das schöne Kleid, das ich gesehen habe, und daß es nicht mehr so lange bis zum Urlaub dauert und, und, und.
Eben noch hatte ich nur einen einzigen Wunsch und war bereit, auf alles andere zu verzichten. Er ist in Erfüllung gegangen, der Wunsch, und schon tauchen wieder die anderen Wünsche auf. Schießen wie Pilze aus dem Boden. Sind wir Menschen nicht unverschämt?

Birgitt Siegl

EIN LOHNENDES GESCHÄFT

Wenn verkaufsoffener Samstag ist und die Menschen sich in Münsters Haupteinkaufsstraßen so richtig drängeln, findet auf dem Hindenburgplatz der »Flohmarkt« statt. Groß und klein versucht, alten Krempel aus Großmutters Zeiten, Möbel, Kleidung, Hausgeräte und vieles mehr an den Mann zu bringen. Sogar einen »Kinder-Flohmarkt« gibt es. Und dorthin wollte auch Pit mit allerlei Sachen aus seiner Kinderzeit (Pit war immerhin schon zwölf!): ausgelesene Mickymaus-Hefte, ein Auto-Quartett, ein kaputtes Rennauto und was er sonst noch erübrigen konnte. Als besondere Fundgrube erwies sich die Kommode seiner Großmutter. Alte Bücher lagen da herum, Sammeltassen mit Macken, Postkarten von Anno dazumal, sogar ein verstaubtes Bild des letzten deutschen Kaisers.

Pit hatte alles zusammengepackt und war am Samstagmittag sofort nach der Schule losgezogen, um einen günstigen Platz zu ergattern. Denn darauf kommt es an beim Flohmarkt! Wer zu spät kommt und irgendwo in der hintersten Ecke seinen Stand aufbauen muß, braucht sich nicht zu wundern, wenn er nichts verkauft...

Heute gehen die Geschäfte aber sowieso nicht gut. Vielleicht liegt es am Wetter. Es ist schwül, und man könnte glauben, daß ein Gewitter in der Luft liegt. Die »Profis« haben vorsichtshalber durchsichtige Plastikplanen über ihre Tische gebreitet, um sich vor einem Regenguß zu schützen. Und die Flohmarktbesucher laufen ziemlich lustlos und immer mit einem besorgten Blick zum Himmel zwischen den Ständen umher.

Pit seufzt. Bis auf zwei Comic-Hefte, die er für 10 Pfennig das Stück loswerden konnte, läuft nichts. Und dafür hockt er jetzt schon zwei Stunden auf dem Pflaster und bekommt mächtigen Hunger. Nebenan, die beiden Mädchen, diese dämlichen Ziegen, haben schon etliche ihrer selbstgezogenen Balkonpflanzen verkauft; und jetzt grinsen sie auch noch herüber und kichern. Pit zieht eine Grimasse.

Gegenüber schreit ein kleiner, dicker Bursche ständig seine Briefmarken aus. Der kann einem auf den Wecker gehen! Viel Glück hat er mit der Schreierei auch nicht.

Will denn heute keiner? Angucken und anfassen, ja, das wollen alle. Aber da ist Pit empfindlich. »Wollt ihr die Hefte erst auslesen?« fährt er zwei Jungen an, die äußerst interessiert seine Mickymaus-Hefte durchblättern.

»Kannste behalten, den Quatsch!« gibt einer der beiden zurück. Wieder kein Geschäft zu machen...

Dann kommt eine alte Frau. Pit hat sie schon seit einiger Zeit bemerkt. Sie trägt einen alten Strohhut mit einer Strohblume daran, ein Ungetüm! Und auch der Mantel, den sie trotz der Hitze mitschleppt, hat schon bessere Tage gesehen, ganz zu schweigen von den ausgelatschten Schuhen, die große Ähnlichkeit mit Filzpantoffeln haben. Die Frau geht an den Ständen entlang, steckt ihre Nase hier und dort hinein, sucht, befühlt die Waren, scheint aber keinen Pfennig ausgeben zu wollen.

»Die soll nur zu mir kommen«, denkt Pit, »die bringt mir meine Sachen nicht durcheinander...«

Jetzt ist sie wirklich bei Pit angelangt und bleibt stehen. »Na, Jungchen?« sagt sie, und irgend etwas in ihrer Stimme oder ihrer Aussprache sagt Pit: die ist nicht von hier! Pit weiß nicht, was er antworten soll. Besser, er sagt gar nichts, was die Frau allerdings nicht davon abhält, in seinen Büchern und Postkartensammlungen herumzukramen. Und plötzlich scheint sie etwas gefunden zu haben. Pit merkt, wie eine Bewegung durch ihren Körper geht, fast wie ein freudiges Erschrecken.

»Jungchen, hier, wo hast du die her?« fragt sie und hält Pit einige alte, vergilbte Postkarten unter die Nase.

»Von meiner Oma«, sagt Pit einsilbig. Die alte Tante scheint sich tatsächlich für diesen Plunder zu interessieren. Intensiv schaut sie sich jede Karte einzeln an. Na prima, denkt Pit, vielleicht gibt's doch noch ein lohnendes Geschäft. Zunächst aber muß er sich in Geduld fassen. Immer und immer wieder schaut sich die Frau die Karten an. Manchmal seufzt sie dabei oder murmelt ein paar unverständliche Worte. Und als Pit ihr ins Gesicht schaut, sieht er, daß Tränen über ihre Backen laufen. Was ist denn jetzt los? denkt Pit erschrocken.

»Liebes Jungchen«, sagt die Frau, »was sollen diese schönen Karten kosten, bitte?«

Pit schaut auf die Postkarten und dann wieder auf das Gesicht der alten Frau.

»Zehn Pfennig das Stück«, sagt er mutig, und in seinem Hinterkopf rechnet er bereits nach, daß mindestens 2,50 DM rumkommen müßten, wenn er alle Karten verkauft.

Die Frau läßt die Karten sinken.

»Teuer«, sagt sie, »sehr teuer.«

Pit sagt nichts.

Die Frau schaut erneut auf die Karten.

»Posen«, sagt sie, und ihre Stimme klingt brüchig, »meine Heimatstadt! Bin dort geboren. 1890. Ist jetzt alles polnisch!«

Sie deutet auf eine der Karten, auf der ein großes Gebäude mit hohen Fenstern zu sehen ist.

»Meine Schule!«

Und ein zweites Bild, ein Park mit einem Denkmal.
»Da hab' ich meinen Mann kennengelernt. Er ist schon lange tot!«
Pit versteht. Die Erinnerungen sind es, die seine alten Postkarten plötzlich wertvoll machen.
»Fünf Pfennig«, sagt er, nein, will er sagen, aber dann kann er es doch nicht. Die Frau bückt sich, um den Stapel wieder auf die Decke zu legen.
Aber Pit wehrt ab.
»Können Sie behalten«, sagt er mit gepreßter Stimme. »Brauche ich nicht mehr ...«
Dann schaut er schnell zu Boden, damit er der Frau nicht mehr ins Gesicht zu sehen braucht und nicht mehr die Tränen mitbekommt, die plötzlich wieder auf der faltigen Haut zu sehen sind.
Er schaut erst wieder auf, als die alte Frau weitergegangen ist. Dann beginnt er, seine Sachen einzupacken. Er hat keine Lust mehr, Geschäfte zu machen. Manche Dinge, so scheint es ihm, sind sowieso nicht mit Geld zu bezahlen ...

Wolfgang Poeplau

DER BRIEF

Lange erwartet.
Ungeöffnet seit Tagen:
Noch kann ich
alle meine Wünsche
in ihn hineinlesen
und
die Erfüllung
aller meiner Erwartungen
aus ihm herauslesen.

Fritz Köbler

KINDEREI

Ich stehe heute wieder auf dem Sandberg
und morgen auf dem tiefverschneiten Damm.
Mach dich nicht schmutzig, hat Mama gesagt,
schon deine Leute, sprach der König —
meine Spur ist die erste im Sand, im Schnee.
Ich laufe durch dorniges Waldgebüsch,
bin die Vorhut
einer hinterindischen Aufständischenarmee.
Wenn mich die feindlichen Hubschrauber sehen!
Wenn du mir naß nach Hause kommst,
dann gibt's was ab!
Auf Rollschuhen jag' ich durch die Kollonade
und singe »Mit dem Chor der Seraphinen«.

Das Lied heißt heute anders,
hat einen Text, den keiner mehr behält.
Zum Sandberg sage ich: Schutthalde
und zu meinem Heldenwald: Gestrüpp.
Doch
immer noch möchte ich laufen, erobern,
von Eisberg zu Eisberg springen,
den Wald vom bösen Gnom befreien,
auf einer Lichtung Kriegsrat halten.
Wenn Gott uns hilft,
das Träumen und Staunen nicht zu verlernen,
können wir erwachsen werden
und Kinder bleiben.

Meinolf Schübeler

Oftmals ist, was sich als Berg ansieht,
wenn man erst oben ist,
doch nur ein Hügel gewesen.

Birgitt Siegl

HERR, SEGNE MICH

Herr, segne meine Füße,
daß sie sich nicht umdrehen
und fortlaufen,
wenn ich gebraucht werde.

Herr, segne meine Beine,
daß sie mich zu dem tragen,
der auf mich wartet.

Herr, segne meine Arme,
daß sie willig die Last aufnehmen
und tragen,
die du mir
für den anderen
auferlegst.

Herr, segne meine Hände,
daß sie nicht schlagen,
ablehnen und verweigern,
sondern streicheln und trösten,
geben statt nehmen,
und dort handeln,
wo sie gebraucht werden.

Herr, segne meinen Kopf,
daß mein Verstand dich versteht,
daß meine Augen dich sehen,
daß meine Ohren dich hören
und daß mein Mund so spricht,
wie du es mir
in meinem Herzen sagst.

Herr, segne mich!

Rolf Krenzer

ICH WILL NICHT, DASS SIE MICH GERN HABEN!

Die Fünftkläßler hatten eine neue Lehrerin. Sie war noch sehr jung. Paul fand sie eigentlich ganz nett. Nur hatte sie einen Fehler: sie mischte sich viel zu sehr in ihre Angelegenheiten ein. Als die Schüler am Ende des Schultages immer unruhiger wurden und Michael schon seinen Ranzen packte und startbereit zur Tür blickte, fragte sie ahnungslos nach dem Grund.

»Wir wollen Michael nachher auf dem Heimweg verhauen«, war die Antwort.

Da begann sie, ihnen eine Predigt über Gemeinschaft und Frieden zu halten. Das wurde Paul nun doch zu bunt und er rief:

»Der Michael weiß genau, warum. Und was wir auf dem Schulweg machen, geht Sie einen Dreck an!«

Die Lehrerin war sprachlos gewesen. Da hatte es geläutet, und sie waren alle davongestürmt.

Als Jörg zum zweiten Mal seine Hausaufgaben vergessen hatte, hörte Paul, wie sie ihn leise fragte, ob er irgendwelche Sorgen habe. Sie könne sich gar nicht denken, daß er unordentlich sei.

»Was gehen die unsere Sorgen an?« ärgerte sich Paul.

Aber das war wohl ihre Masche. Immer wieder rief sie einen in der Pause zu sich und redete mit ihm.

»Ich will euch nicht nur unterrichten«, sagte sie einmal, »ich will euch auch richtig kennenlernen und verstehen!«

Paul hatte sie noch nie ans Pult gerufen. Das ärgerte ihn nun auch wieder. In einer Deutschstunde machte er sich mit dem Bleistift und Lineal eine Schleuder und warf Papierkügelchen durch die Klasse. Nachdem sie ihn einige Male vergebens ermahnt hatte, rief die Lehrerin:

»Paul, du weißt ja, daß ich dich gern habe, aber das geht nun wirklich zu weit!«

»Sie hat dich gern, sie liebt dich«, zischelte es hinter ihm. Paul wurde rot. Voller Zorn schlug er sein Buch zu und beteiligte sich die restliche Stunde über nicht mehr am Unterricht.

Von nun an begann er, die Lehrerin zu ärgern, wo er nur konnte. Mit lautem Lachen oder plötzlichem Singen störte er den Unterricht. Absichtlich warf er seinen Stuhl immer dann um, wenn sie etwas Spannendes erzählte. Erklärte sie etwas, flüsterte er in einem fort vor sich hin: »Ganz richtig, hab' ich gar nicht gewußt, ah, so ist das!«

Manche Mitschüler lachten, anderen wurde es zuviel. Die Lehrerin wußte offensichtlich nicht, was sie tun sollte. Sie ermahnte Paul, sie gab ihm Strafarbeiten, zuletzt behandelte sie ihn so, als sei er nicht da.

»Haha, ich bin Luft«, rief er dann laut in die Klasse, »wenn ich Luft bin, kann ich ja tun, was ich will!«
Für die Lehrerin war das eine schlimme Zeit. Sie konnte sich nicht erklären, warum Paul so aufsässig war. Sie überlegte, ob sie Paul zum Rektor bringen oder mit seinen Eltern sprechen sollte. Aber sie wollte doch selbst wieder mit ihm klarkommen.
Eines Tages ging sie während des Unterrichts durch die Bankreihen. Sie dachte an nichts Böses, stolperte plötzlich und fiel der Länge nach hin. Die Schüler eilten herbei und halfen ihr beim Aufstehen. Ihr Rock war staubig, aber außer einigen blauen Flecken hatte sie wohl keinen Schaden genommen. Da gewahrte sie eine dünne Schnur, die Paul zwischen seinem Tisch und dem Nachbartisch einige Zentimeter über dem Boden durch den Gang gespannt hatte.
»Du kommst heute nachmittag zwei Stunden in Arrest«, sagte sie nur.
In der Pause wurde Paul von seinen Kameraden gemieden. »Das war zu stark, das hättest du nicht tun dürfen«, sagten sie.
Am Nachmittag saß Paul im leeren Klassenzimmer und schrieb. Die Lehrerin saß am Tisch und korrigierte. Sie sah ihn nicht an und sprach nicht mit ihm. Die ganze Zeit über nicht.
»Daß zwei Stunden so lang sein können«, dachte Paul. Draußen auf dem Flur hörte man immer wieder Kinder sprechen, später unterhielten sich zwei Lehrer ziemlich laut miteinander. Aus dem Musiksaal drang Gesang. Nur hier war es totenstill, kaum zum Aushalten. Auch wenn Paul sich räusperte oder seufzte, beachtete die Lehrerin ihn nicht. Erst nach zwei Stunden schaute sie ihn an: »Hast du mir etwas zu sagen?« fragte sie ihn.
Paul stotterte: »Ich hätte das heute morgen nicht tun sollen.«
Sie sah ihn an und fragte: »Warum bist du eigentlich so gegen mich?«
Paul starrte auf den Boden, schluckte, schließlich brachte er es heraus: »Ich will nicht, daß Sie mich gern haben.«
Die Lehrerin mußte unwillkürlich lächeln. Das ist mir nun auch noch nie vorgekommen, dachte sie, daß jemand nicht will, daß man ihn mag. War sie denn zu aufdringlich gewesen? Ihre Schulkinder waren ihr viel wichtiger als alles, was sie ihnen beibringen wollte. Aber sicher mußte sie im Umgang mit ihnen noch vieles lernen.

Sie mag mich trotz allem, dachte Paul auf dem Heimweg verwundert. Und eigentlich war ihm das doch ganz recht.
Auch der Lehrerin kam ein seltsamer Gedanke, als sie nach Hause ging: Paul will nicht, daß ich ihn mag. Aber das ändert bei mir gar nichts. Lieber Gott, geht es dir mit uns Menschen nicht auch oft so?

Mechtild Theiss

ICH, ANNKATHRIN, SIEBEN MONATE ALT

Mitteilungen an euch

Oh, sagt mir! Was hab' ich da drinnen, was mir befiehlt: Jetzt schrei! und ich schrei und schrei, oder warum der Bauch zu meinem Kopf sagt: Schluß, mein Lieber, und zu schlafen beginnt.
Oh, sagt mir, weshalb ich nur lebe zwischen den Signalen da drinnen in meinen Tiefen und nur begrenzt meiner Neugier nachgehen kann, die stundenlang spazieren möchte durch euer aufregendes Dasein.

Ihr tragt mich behutsam, aber wie rasend! Der dunkle Flur, für euch nur Meter, ist mir ein endloser Tunnel voller Schrecknisse. Eine neue Tür! Ein neues Licht! Grüne Wände! Wände von immer neuen Farben! Lampen: kleine rasende Sonnen. Oder das sanfte Meer des Tageslichtes. Wo ist da in allem ein Hier und Dort? Ist diese Dunkelheit die gleiche von gestern? Diese Wand die gleiche von heute morgen? Oder ist alles nur ein Kreisen und ich ein Stern, den ihr auf euren Schultern tragt?

Ihr sagt: mein Schädel, der ist vom Vater; die Ohren, die von der Mutter; vom Vater mein Grinsen und von der Mutter die Nase; aber über die Zehen sprecht ihr nicht: die sind erst nur Zehen. Auch mein Schreien wird nicht genauer untersucht, allenfalls die Neugier als vielversprechend gepriesen. Na, ich mein nur: ihr werdet euch noch wundern!

Was ich auch tue: ob ich mit meiner noch linkischen Hand die kitzelnde Nase zu erreichen versuche und danebengreife; ob ich kleine zarte Geräusche von mir gebe, weil Mamas Infekt in der Tiefe meiner Nasengänge haust; ob ich in Jogastellung in meiner Wiege hingeflossen liege; ob ich ein Auge geschlossen habe, weil die Tränen es zuklebten, oder ob ich den Vorgang des Trinkens mit künstlerischem Fingerspiel begleite: alles findet ihr zum Lachen! Also muß es wohl so sein! Hoho! Ich bin ein Clown!

Ob mir hundertvierzig oder hundertsechzig Strich Dauernahrung einzuflößen seien oder in vierundzwanzig Stunden vier oder fünf Mahlzeiten — das bestimmen die Verpackungsvorschriften der Kindernahrungskonzerne! Aber daß ich mich täglich gegen sie zur Wehr setze, das bereitet euch ausschließlich Sorgen!

Als ich das erste Mal schrie, wart ihr noch in Aufruhr, und eure ganze Sorge galt mir! Später rechnetet ihr das zu den laufenden Ereignissen.

Als ich bei Mama im Bauch war: da war alles gut! Ich brauchte mir nichts zu erschreien, und es gab keine Mißverständnisse. Warum, frag' ich mich heute, hörte ich damit auf und stieß mich wie eine Besessene aus der guten warmen Höhle?

Als ich mit der Welt anfing, da schreckte mich schon ein leiser Wasserlauf. Wenig später konnte mir selbst das rasende Geräusch der Kaffeemaschine nichts mehr ausmachen. Ihr seht: ich bin für die Schrecknisse der Zukunft gerüstet.

Wenn ich mit meinem nackten Rundschädel hin- und herpendle, wenn ich meine krummen Beine in den Schlaf rühre und mit den Lippen Kühle aus meinem Handrücken sauge — dann gehe ich sachte und voller Schwere meine dunkle tiefe Treppe herab: da ist das Kraushaar des Vaters nur ein Dickichthaufen, und die zarten Lippenbögen der Mama sind wie eine Flöte; und die blauen und roten Kugeln, die auf einer Schnur vor meinen Augen tanzen, Männlein mit Armen und Beinen; und die blaue weiche Puppe dreht sich in ihrer Mitte; und wenn ihr ein Lächeln seht, dann wißt: es galt dem hölzernen Männlein hoch oben auf dem Schrank — und ihr seht: es hat zurückgelächelt.

Vater betrachtet mein Fingerspiel bei ganz gewöhnlichen Anlässen, und weil er keine Ahnung hat, was Babyfinger können, genügt ihm das, um zu sagen: die wird einst eine Geigerin. Das ist natürlich der reinste Quark. Aber wer bringt ihm bei, daß seine Tochter einst nur lernen wird, was sie lernen will, und daß dies für die Geigenschule zuwenig sein wird? Wer bringt einem stolzen Vater das bei?

Nicht wo Millionen Kinder schlafen: in einem fließbandgefertigten lackigen Bett werde ich groß, sondern, weil es Opa gern wollte: in einer extragedrechselten altdeutschen Wiege!
O wie kann ich später den Millionen begegnen, die in einem Dutzendbettchen groß wurden, ohne sie für Dutzendmenschen zu halten — ich Extragebettete!?

Jan Christ

ER WAR DA

Im vergangenen Jahr, an einem Montagmorgen, tauchte Jesus plötzlich in Frankfurt auf.
Er trug einer alten Frau die schwere Einkaufstasche heim.
Er half einer Türkin, die nicht Deutsch konnte, am Postschalter.
Er schob einen querschnittgelähmten Mann zwei Stunden lang durch den Palmengarten. Dessen Frau hatte weder Zeit noch Lust gehabt, ihm diesen Wunsch zu erfüllen, obwohl er sich das schon seit Jahren gewünscht hatte.
Er spielte mit einem kleinen Mädchen Ball, das geistig behindert war. Es konnte noch nicht einmal den Ball auffangen.
Er besuchte eine krebskranke Frau im Krankenhaus. Dort lag sie schon ein halbes Jahr, und noch nie hatte sie Besuch bekommen.
Er nahm im Hallenschwimmbad einen ängstlichen Jungen, den die anderen auslachten, an der Hand und sprang mit ihm vom Dreimeterbrett.
Die ganze Nacht schlief er neben einem besoffenen Landstreicher auf einer Parkbank. Er kuschelte sich eng an ihn, damit der Alte nicht fror.

Am nächsten Morgen war Jesus wieder verschwunden. Nicht einmal die Reporter der Bildzeitung hatten gemerkt, daß er dagewesen war. Aber die alte Frau, die Türkin, der Querschnittgelähmte, der Junge, die Kranke und der Landstreicher erzählten allen, denen sie begegneten: »Gestern war ein schöner Tag. Ich bin einem so guten Menschen begegnet.«
Nur das geistig behinderte Mädchen sagte nichts. Es konnte ja nicht sprechen. Aber es lachte, warf den Ball in die Höhe und fing ihn wieder auf.

Gudrun Pausewang

Im Nebel der Ort, an dem ich stehe

Leben und Tod

Auf dem Bildschirm geht das Grauen um und wird im Wohnzimmer gesellschaftsfähig gemacht. Ein Thriller kann nicht hart und grausam genug sein, um nicht von einem darauffolgenden noch übertroffen zu werden. Reale Angst, Verzweiflung, Leiden und Tod einzelner und vieler werden im rechteckigen Bild des Fernsehers zu einem Programmteil, den man, wenn man genug davon hat, ausschalten kann, um zur Tagesordnung überzugehen.
Alte und sterbende Menschen werden allein gelassen. Sie sterben oft einsam in Kliniken, ohne die Menschen, denen sie ihr Leben lang verbunden waren. Wir versuchen, die Existenz und Allgegenwärtigkeit des Todes aus unserem Tagesgeschehen zu verbannen. Wir halten nur dann für einen Augenblick inne, wenn wir von einem Mord erfahren. Wir erschrecken und stellen verbittert fest, wie grausam und unsicher unser Leben geworden ist. Durch die Massenmedien haben wir vielmehr Zugang zu den Ereignissen, daß sie an uns vorübergleiten, ohne uns noch betroffen zu machen. Wir stumpfen immer mehr ab.
Wir bemühen uns, Unbegreifliches zu versachlichen, und nehmen es zur Kenntnis. Eine nüchterne Bilanz, wie sie Ortfried Pörsel in »Zu Tode getrampelt« gibt, macht plötzlich stutzig und zwingt zum Nachdenken, weil es nicht im alltäglichen Rahmen einer Zeitung oder sonstigen Meldung steht.
Gott ist der Herr über unser Leben und über den Tod.
Er hat uns unser Leben geschenkt, damit wir etwas damit beginnen. Er hat es uns nicht geschenkt, damit wir es zerstören, unser eigenes Leben und das Leben anderer. Über die nicht gottgewollte Zerstörung des Lebens berichten viele Texte. Sie machen betroffen, zwingen zum Nachdenken und bewirken vielleicht Veränderung.
Unsere Lebensaufgabe besteht allein darin, Leben zu erhalten und zu bewahren. Gott selbst hat uns deshalb in die Welt geschickt.
Aber ist die Welt, sind wir nicht zu laut geworden, um das Wort Gottes noch zu hören, zu verstehen, zu begreifen?
»Der Junge hinter der schwarzen Maske« hat sicher die Sprache begriffen, wenigstens für einen Augenblick. Und er hat entsprechend gehandelt.
»Gestern abend habe ich mal wieder an Gott gedacht«, erinnert sich Renate Wurziger. Am Samstagabend hat wieder einmal jemand im »Wort zum Sonntag« an Gott erinnert. Nur für wenige Minuten. Sehr wenige. Und viele haben es gar nicht bemerkt oder umgeschaltet.
Ich möchte mit Fritz Köbler beten: »Herr, ich spüre Angst, weil ich nicht mehr begreife, was in mir vorgeht und wohin dieser Weg mich führt. Schenke mir Vertrauen, daß du es weißt, daß du überall dabei bist, daß du am Ziel stehst.«

BILD-FÄLSCHUNG

Kommt, wir malen jetzt ein Bild,
ein schönes Bild, ein friedliches Bild!
Das schöne Bild,
wie sieht's denn aus?
Vielleicht ein Garten?
Vielleicht ein Haus?
Darin ein Zimmer,
darin ein Tisch,
daran zwei Kinder,
träumerisch,
daneben die Eltern,
daneben der Hund,
und alle halten ganz lieb den Mund,
und alle sind ganz stille.
Welche Idylle!
Wieso, warum?
Na — drum:
Fernsehstunde! Krimizeit!
Mord und Totschlag weit und breit!
Jack, the Killer!
Super-Thriller!
Hei! Schon spritzt das rote Blut,
und der Schrei wird schrill und schriller!
(In Farbe wirkt es doppelt gut!)

Doch in dem Garten,
doch in dem Haus
sieht weiter alles
ganz friedlich aus.
Und wenn die Kinder zu Bette gehn,
dann träumen sie selig:
War das nicht schön?

Ich glaube,
wir streichen
das friedliche Bild vom Haus
wegen grober Fälschung
einfach
aus.

Roswitha Fröhlich

UNSER HAUS

Wir bauen fort am Hause unsres Lebens
mit unsrer Hände, unsrer Herzen Kraft.
Von allen Stunden keine ist vergebens,
die leichte wie die schwere schafft und schafft.

Wir hätten gern uns länger eingerichtet.
Herr, gib uns Zeit für ein solides Haus!
Wir fürchten deinen Arm, der uns vernichtet,
eh' noch das Dach geschlossen unsres Baus.

Denn wir sind ganz in deine Hand gegeben.
Du bist das Weltmeer, wir ein schwaches Schiff.
Was wir erhoffen, weben und erstreben:
Anfang und Ende setzt dein starker Griff.

Ach, wehr den Stürmen noch für manche Weile,
schenk deinen Segen uns und deine Huld!
Die Mauern wachsen hoch in banger Eile,
das Haus ersteht. Herr, hab mit uns Geduld!

Werner Schrader

REALITÄTEN

Träume im Leben
leben in Träumen
Ich träumte, ich würde leben
ich lebte in Träumen
träume ich, daß ich lebe
oder
lebe ich, wenn ich träume?

Gundula Menking

WO DIE WÜNSCHE ENDEN

Heute war ein heißer Tag. Mit Sonne von früh bis spät. Sengender, stechender Sonne. Wenn ich hinschaue zur Sonne, tun mir die Augen weh. Schnell muß ich sie mit der Hand bedecken, wegschauen.
Aber jetzt ist es Abend. Die Sonne geht am Horizont unter. Eine milde, sanfte Sonne jetzt. Ein Feuerball, glutrot. Ich schaue hin, und die sinkende Sonne schmerzt nicht mehr in den Augen.
Es durchrieselt mich. Ein Glücksgefühl ganz eigener Art. Fremd und doch wieder vertraut. Die Sonne fesselt mich. Es ist, als ob nur noch die Sonne da ist und ich. Alles andere verschwimmt, versinkt.
Ich schließe Momente lang die Augen und sehe die Sonne trotzdem. Bunte Kreise, gelb und orange in der Hauptsache, tanzen auf den geschlossenen Lidern.
Sonne.

Dann sinkt die Sonne langsam und verschwindet hinter dem Horizont. Ich bin noch ganz benommen von der Sonne. Sehnsucht habe ich nach ihr. Sie soll wiederkommen. Eben, als sie noch da war, da war ich wunschlos glücklich. Für Sekunden. Waren es Sekunden? Oder waren es Stunden? Es müssen Sekunden gewesen sein, weil Sonnenuntergänge keine Stunden dauern. Aber diese Sekunden hatten keine Zeit. Sie waren wie ein Meer so tief und weit.
Ich ahne Göttliches. Gott hat uns wohl die Sonne geschenkt, damit wir eine Ahnung bekommen von dem, was uns im Jenseits erwartet.
Wenn schon die Sonne, der Feuerball, den Gott uns ins Weltall gesetzt hat, damit wir im Licht leben können, so stark ist, so schön, so glücklich macht. Wie muß dann erst Gott selber sein!
Wir sollten öfter nach oben, zum Licht, zur Sonne schauen, um Göttliches zu ahnen. Um materielle, nutzlose Wünsche zu vergessen und uns Dinge zu wünschen, die unser Leben groß und schön und sinnvoll machen.

Birgitt Siegl

MITTEN IM FRIEDEN

Mitten im Frieden waren die Soldaten mit ihren schweren Panzern in das Dorf gekommen.
Mitten im Frieden hatten sie einen Panzer auf dem Feldweg abgestellt, den Petra aus dem Schlafzimmerfenster sehen konnte.
Mitten im Frieden hatten sie die Geschütze auf das Haus gerichtet, in dem Petra und Kai mit ihren Eltern wohnten.
»Es ist nur Manöver«, hatte Petras Vater gesagt, »sie schießen nicht wirklich!«
Aber Petra und Kai hatten solche Angst gehabt, daß sie nicht im Schlafzimmer schlafen wollten. Sie hatten solche Angst, daß sie überhaupt nicht einschlafen konnten. Die ganze Nacht über hatten sie solche Angst, daß Mutti und Vati sie endlich zu sich in ihr Bett nahmen. Und als mitten in der Nacht der Panzer davonfuhr, hat Petra so geweint, daß ihre Mutter sie kaum beruhigen konnte.

Seitdem hat Petra jeden Abend Angst, daß der Panzer wiederkommt.
Seitdem kann Petra abends nicht mehr gut einschlafen.
Seitdem müssen Vati und Mutti jeden Abend so lange an Petras Bett sitzen, bis sie eingeschlafen ist. Manchmal schreit Petra mitten in der Nacht auf.

»Sie machen alles kaputt!« sagt Kai und denkt an die riesigen Panzerkettenspuren im Acker. Sie sind immer noch zu sehen. Und die Saat ist vernichtet.
Mitten im Frieden.

Rolf Krenzer

Unsere
Sprachlosigkeit
sagt soviel
aber
sie erklärt
nichts.

Fritz Köbler

WERDEGANG

Verschüttet
unter dem Leben
liegt
woher
ich komme.

Zu
verworren
die Wege
die ich gegangen bin
um
sie zu überschauen.

Im
Nebel
der Ort
an dem
ich stehe.

Zu wenig
Licht
um
die Schritte vor mir
zu erkennen.

Deutlich
nur
das Ziel:
ich
werde
gehen —

aber:
werde
ich
erwartet?

Fritz Köbler

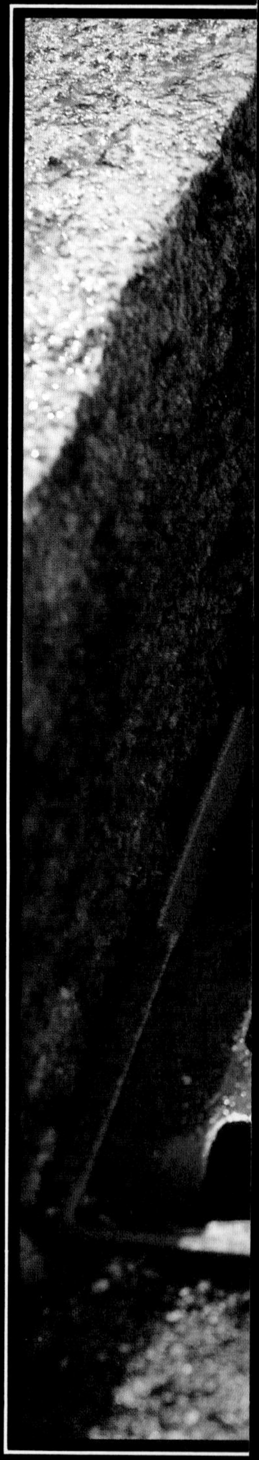

ARMATURWERK-KAISERSLAUTERN

MANUEL UND MANUELA UND DAS LUMPENWICKELKIND

Manuel war ein Flötenspieler. Und weil er den ganzen Tag über nichts anderes zu tun hatte, als Flöte zu spielen, war er schon ein sehr guter Flötenspieler. Er saß von morgens bis abends vor einem großen Kaufhaus in einer der Einkaufsstraßen seiner Stadt und spielte auf seiner Flöte. Er hatte den Flötenkasten mit aufgeklapptem Deckel vor sich hingestellt, und ab und zu fiel eine Münze in diesen Kasten.

Er hatte kein Zuhause, keinen Besitz, außer seiner Flöte und einer alten Decke. Er war ein Straßenjunge und lebte, wie viele andere Kinder dieser Stadt, Tag und Nacht auf der Straße. Nachts suchte er sich einen wind- und regengeschützten Platz unter einem Hausvorsprung, unter einer Treppe oder unter einer Brücke, rollte sich in seine Decke und legte sich auf den harten Boden. Meist tat er sich für die Nacht mit anderen Straßenkindern zusammen. Die Nähe der anderen stärkte gegen die Gefühle von Einsamkeit und Angst, die ihm schon mal kommen konnten. Morgens faltete er seine Decke wieder zusammen und benutzte sie als Sitzkissen beim Flötespielen. Es gab gute und schlechte Tage; doch immer hatte es noch zum Leben gereicht.

Eines Tages — er saß wieder an seinem Platz und hatte das Gefühl, gerade besonders gut zu spielen — merkte er, daß da vor ihm jemand stehengeblieben war und schon längere Zeit dastand und ihm zuhörte. Als er schließlich eine Pause machte, sah er auf und erblickte ein Mädchen zusammen mit seinem Vater. »Papa«, sagte das Mädchen, »ich möchte auch eine Flöte haben. Kaufst du mir so eine?« Der Vater wandte sich an Manuel und sagte: »Zeig mal her, deine Flöte!« Zögernd reichte Manuel sie ihm hinauf. »Was soll die Flöte kosten? Sehr viel Wert scheint sie mir nicht zu haben! Aber für den Anfang reicht sie wohl aus!« Manuel war ganz überrascht von dieser Frage: »Wie meinen Sie das? Ich will die Flöte doch gar nicht verkaufen!« — »Ach, red doch nicht so dumm«, antwortete der Mann, »mit Geld kann man alles kaufen.« Bevor Manuel noch ganz begriffen hatte, was hier vor sich ging, steckte der Mann die Flöte in seine Manteltasche, zog sein Portemonnaie heraus, warf drei größere Münzen in den Flötenkasten und nahm seine Tochter bei der Hand. »Komm, Manuela, laß uns gehen!« Da griff Manuel blitzschnell nach den Münzen und schleuderte sie hinter ihnen her; doch sie waren schon in der Menschenmenge verschwunden.

Manuel sackte in sich zusammen und saß da wie gelähmt, blieb einfach sitzen und starrte den beiden nach, entsetzt, sprachlos, machtlos. Erst nach einer Weile raffte er sich zusammen, stand auf, nahm Kasten und

Decke und wanderte ziellos durch die Stadt. Heute wollte er kein anderes Straßenkind treffen, er wollte von niemandem angesprochen werden und niemandem antworten müssen. Wenn sich jemand schweigend zu ihm gesetzt hätte, ja, das hätte vielleicht gutgetan. Schließlich legte Manuel sich irgendwo hin und schlief vor Erschöpfung und Traurigkeit schnell ein.

Im Schlaf erlebt er alles noch einmal. Doch jetzt im Traum bleibt er nicht wie gelähmt sitzen, sondern springt auf, schreit den Mann an und reißt ihm die Flöte aus der Manteltasche. Der greift nach der Flöte, um sie zurückzuhalten, doch aus dem Greifen wird ein Schlagen; er schlägt Manuel die Flöte aus der Hand, die Flöte fällt auf das Straßenpflaster und zerbricht. Manuel steht betroffen da. Jetzt schreit der Mann, ruft zwei Polizisten herbei, zeigt auf Manuel und beschuldigt ihn des Diebstahls. Da rennt Manuel los, rennt weg, rennt, rennt, rennt — durch die Menschenmenge der Innenstadt, dann durch stillere Straßen, schließlich bis zum Stadtrand. Keiner ist ihm nachgekommen; allmählich wird er wieder ruhiger, geht langsamen Schrittes einen Feldweg und bleibt an einer Wiese stehen. Er betrachtet die Wiese, und siehe da, da liegt ja, halb im Gras verborgen, seine Flöte. Doch als er sich nach der Flöte bückt, da erkennt er, daß die Wiese ein alter Müllplatz ist, auf dem Gras gewachsen ist, und daß das, was er für seine Flöte gehalten hat, nichts weiter ist als ein altes verrostetes Stück Rohr.

Traurig wachte Manuel auf. Was sollte er jetzt machen, wie noch Freude gewinnen und wie das Lebensnotwendige verdienen — ohne seine Flöte! Der Müllplatz aus seinem Traum stand ihm noch vor Augen, und Müllplätze, das wußte er von anderen Straßenkindern, konnten manches bieten: manchmal sogar etwas Eßbares, das noch nicht verdorben war, manchmal altes Metall, das sie noch für ein paar Pfennige verkaufen konnten. Was sollte er in der Innenstadt? Warum sollte er nicht heute einfach eine Müllplatztour machen? So ging er zu den Müllplätzen draußen vor der Stadt, stolperte über den Müll, blieb hier und da stehen, hob etwas auf und ließ es wieder fallen. Obwohl er natürlich wußte, daß das völlig unsinnig war, guckte er letztlich nach nichts anderem als nach seiner Flöte oder nach irgendeiner Flöte, wie er es im Traum gesehen hatte.
Still! War da nicht ein Ton? Wie ein Singen? Nein, natürlich kein Flötenspiel! Nein, auch kein richtiges Singen! Auch kein Reden! Die anderen, die hier und da noch vereinzelt über den Müllplatz dahinstolperten, waren zu weit weg! Nein, auch kein Heulen vom Wind! Es war ja völlig windstill. Es kam ganz aus der Nähe. Manuel hörte es jetzt deutlicher. Es war ein ganz leises Wimmern! Ein lebendiges Wesen hier

zwischen all dem toten Müll und Schrott? Manuel schlug das Herz bis zum Hals. Er horchte angestrengt und ging langsam in die Richtung, aus der das Wimmern kam. Da entdeckte er ein kleines Lumpenbündel. Er kniete nieder und begann, behutsam und vorsichtig, das Bündel aufzupacken. Er brauchte nur noch ein großes Lumpenstück beiseite zu ziehen, dann konnte er sehen, was in dem Bündel steckte: Ein winzig kleines Kind! Mit großen Augen schaute es Manuel an. Dann verzog es sein Gesicht, um von neuem leise zu wimmern.
Da nahm Manuel das Kind auf seinen Arm, stand auf und guckte suchend nach allen Seiten, ob nicht irgend jemand zu entdecken wäre, zu dem das Kind gehörte, der es vielleicht nur für einen Moment abgelegt hätte, um selber den Müllplatz zu durchsuchen. Doch der Müllplatz ringsum war jetzt völlig menschenleer, niemand war mehr zu sehen. Ein hilfloses Kind, einen winzigen Säugling zum Abfall geschmissen? Konnten Menschen das tun? Was mußte das für eine aussichtslose Armut, was für eine hoffnungslose Verzweiflung gewesen sein, die einen Menschen dazu getrieben hatte! Manuel drückte das Kind an sich. »Weine nur, schrei nur!« sagte er. »Aber komm mit! Denen werden wir's schon zeigen! Wegschmeißen! Zum Müll schmeißen! Nee, so einfach wegschmeißen lassen wir uns nicht!«
Als Manuel wieder in die erste Straße kam, versteckte er das Kind unter seiner Jacke, damit es kein Fremder entdeckte und ihm womöglich noch wegnähme. Irgendwo in der Innenstadt, an einer belebten Einkaufsstraße, setzte er sich hin, stellte seinen leeren Flötenkasten vor sich hin, klappte den Deckel auf und bettelte. Das Kind hielt er unter seiner Jacke verborgen, nur ab und zu drang ein leises Wimmern nach draußen, als weinte ein Echo seiner verlorenen Flöte in ihm. Wenige Münzen landeten in seinem Kasten. Doch nach einiger Zeit hatte er wenigstens genug, um etwas Milch zu kaufen. Er zog sich mit dem Kind in eine der stillen Straßen zurück, wo er oft mit anderen Straßenkindern zusammen seinen Schlafplatz hatte, setzte sich in einen geschützten Winkel und begann, den Säugling zu füttern. Er tauchte einfach einen Finger in die Milch und steckte ihn dem Kind zum Ablecken in den Mund. Immer und immer wieder, Tropfen für Tropfen ließ er das Kind die Milch von seinem Finger aufsaugen, bis es schließlich einschlief.

Abends fanden sich, wie gewohnt, andere Straßenkinder, Freunde und Kumpane von Manuel ein. Doch als sie das Baby bei ihm entdeckten, war es für alle eine kleine Sensation, und schnell war es eine Gruppe von zehn, zwölf Straßenkindern, die ihn und das Kind umringten. Als sie hörten, wo und wie er das Kind gefunden hatte, da wuchs in ihnen allen Wut und Zorn, und zugleich wuchs in ihnen der Wille, selber alles Erdenkliche beizutragen, um Manuel dabei zu helfen, das Kind durchzubringen. Einer der ältesten unter ihnen sagte zu Manuel: »Am besten, Flötenspieler, du ziehst mit dem Kleinen in meine Schlafhöhle, du weißt, hinter der Kirche unter der kleinen Treppe. Da kommt nie jemand hin; da seid ihr am sichersten und habt es warm. Ich finde schon einen anderen Platz!«

Noch am selben Abend zog Manuel mit seinem Lumpenkind um. Diese Höhle war tatsächlich ein gutes Versteck. Gleich am nächsten Tag schleppten einige Freunde zwei Säcke voll Lumpen an. Damit bauten sie dem Kind in der Höhle ein richtiges Nest, ganz warm und kuschelig. Andere brachten einen alten Kochtopf und eine Waschschüssel, und Wasser schleppten sie vom nahen Friedhof herbei, wo es einen Wasserhahn gab. Einer schenkte ihnen seine Katze: »Die kann euch gegen Mäuse und Ratten nützlich sein und bei kaltem Wetter als Wärmflasche!« Ein anderer brachte seinen gezähmten Raben: »Als kleinen Spaßvogel gegen alle Traurigkeit und zum Schutz. Mit seinem Gekrächz wird er euch alle bösen Geister fernhalten!«

Alle sorgten von jetzt an täglich für Milch und Bananen und für Wasser zum Waschen. Dem Baby ging es immer besser. Sie gaben ihm den Namen Pedro, einfach weil Pedro ihnen ein vertrauter Name war und weil er ja jetzt zu ihnen gehörte.

Eines Tages aber kamen zwei seiner Freunde mit einem fremden Mädchen an, das so vornehm und reich aussah, daß Manuel fast erschrak. »Manuel, dieses Mädchen hat uns in der Stadt angesprochen und nach einem Flötenspieler ohne Flöte gefragt, der früher immer vor dem großen Kaufhaus saß. Ihm hätte sie etwas Wichtiges zu sagen. Wir denken, daß nur du das sein kannst.«

»Ich bin Manuela!«, sagte das Mädchen leise. »Vielleicht erinnerst du dich. Ich bringe dir deine Flöte zurück. Hier!« Es legte die Flöte schweigend vor Manuel hin, der gerade den kleinen Pedro im Arm hatte. Nach einer Weile fuhr es fort: »Mein Vater hat sie dir damals weggekauft. Ich habe das nicht gewollt. Ich habe nicht deine Flöte, sondern nur eine ähnliche haben wollen. Aber mein Vater hat es einfach getan, ohne auf mich zu hören. Ich habe mich nie an ihr freuen können. Immer wenn ich sie zur Hand nahm, wurde ich so traurig, daß ich keinen Ton blasen konnte. Lange habe ich nach dir gesucht. Jetzt endlich bin ich hier.«

Manuel starrte die Flöte an, dann das Mädchen, dann wieder die Flöte. Doch dann entspannte sich sein Gesicht, und mit einem verständnisvollen und dankbaren Lächeln hielt er dem Mädchen den kleinen schlafenden Pedro entgegen. »Magst du ihn mal halten? Dann könnte ich die Flöte ausprobieren!«

Behutsam nahm Manuela den kleinen Pedro auf ihren Arm, und schon begann Manuel auf der Flöte zu spielen: erst ein leises Lied, wie ein Wiegenlied, dann ein fröhliches und noch eins.

Doch da wurde es plötzlich dunkel in der Höhle, in der eben noch alles voll Leuchten und Fröhlichkeit gewesen war. »Ruhe da!« ertönte eine kräftige Männerstimme. Manuel ließ erschrocken die Flöte sinken. Er hatte beim Spielen ganz vergessen, daß ihre Höhle ja ein Versteck war. Jetzt stand da diese große Gestalt, dunkel, drohend, im Eingang der Höhle. Sie konnten nur die Umrisse, aber kein Gesicht erkennen. Ausgerechnet jetzt fing Pedro an zu schreien.
»Was ist denn das?« ließ sich sofort unheilvoll laut die Stimme hören. Der Mann knipste eine Taschenlampe an und leuchtete den Kindern ins Gesicht.
»Ihr spielt hier wohl Maria und Josef mit dem Jesuskind, was? Aber wie, verdammt noch mal, kommt ihr zu dem Kind? Ihr seid doch selber noch Kinder! Los, heraus mit der Sprache: Woher habt ihr das Kind?«
»Gefunden, auf dem Müllplatz draußen vor der Stadt«, stotterte Manuel.
»Ihr könnt mir viel erzählen! Aber eins weiß ich: Ein so kleines Kind gehört in verantwortliche Hände. Ich werde es selber ins städtische Kinderheim bringen. Mit Weihnachtenspielen ist es jedenfalls aus!«
Unversehens bückte er sich in die Höhle hinein, ergriff mit beiden Händen das Kind und entfernte sich mit dumpfen Schritten.

Manuela und Manuel saßen ganz starr vor Schrecken da. Schließlich löste sich ihre Starre in einem Zittern, in einem Schüttelfrost, gegen den sie nichts machen konnten. Da drückten sie sich aneinander und hielten sich einander fest. Jetzt erst traute sich der Rabe hervor und fing an Krach zu schlagen.
»Manuel«, sagte Manuela schließlich noch unter Tränen, »ich möchte gerne bei dir bleiben.« Manuel antwortete nicht. Was sollte er auch antworten? Er drückte sich nur noch fester an Manuela.

Klaus von Lüpke

NUR EIN GEFÜHL

Ich lebe, liebe und fühle
durch und durch lebe ich
bis in jede Faser meines Körpers
spüre ich dieses Leben.
Laufen möchte ich
bis zum Hinfallen
lachen und springen.
Ich könnte platzen vor Glück.

Gundula Menking

ERWARTUNGEN

Erwarte nicht,
daß ich mich ändere,
damit du
mich lieben kannst.
Liebe mich,
damit
ich mich ändern kann.

Fritz Köbler

FEUER DES LEBENS

Wildes, mich bestimmendes Feuer
hältst mich gefangen in der Glut
deiner tanzenden Flammen
Flamme der Trauer und Ängste
heiß und lodernd brennst du
brennst wie meine Tränen
hinterläßt die Spuren
grenzenloser Verzweiflung
doch irgendwann erlischst du
und dann brennt da plötzlich
hell und hoch
die Flamme der Liebe und der Freude
deren Funken weit versprühen
und nie verlöschen
deren heller Schein Grau zu Gold verwandelt.

Und doch bin ich nicht nur ein
vorüberhuschender Schatten dieser
auf- und niedergehenden Flammen
denn da bist noch du
kleine, stetige, nie versiegende Flamme
der Hoffnung
still und unverzagt brennst du
erhellst jenes Dunkel meines Lebens
durch das kein anderes Licht mehr dringt.

Gundula Menking

DAS GOLDSCHNÜRCHEN

Das Kindergartenzimmer sieht weihnachtlich aus. Grüne Tannenzweige schmücken die Wände, kleine Engel schweben von der Decke herab, und auf den Fenstersimsen stehen Kerzen. An den Scheiben glitzern Sterne, und die zart beschneiten Tannen im Garten bilden zu alldem einen passenden Hintergrund.

Die Kinder sind schon nach Hause gegangen, nur ein Mädchen liegt auf dem Fußboden. Stumpf starrt es vor sich hin, als gehe es die weihnachtliche Stimmung hier gar nichts an. Auf einem Stuhl daneben sitzt seine Mutter und weint. »Ja, bildungsunfähig ist sie«, preßt sie mühsam hervor. Die Worte sind kaum zu vernehmen. Hilflos steht die junge Kindergärtnerin vor der weinenden Frau. Was sie im Seminar gewissenhaft gelernt hat, kann ihre eigene Lebenserfahrung nicht ersetzen. Nun schweigt sie unentschlossen, ist ganz mit sich selber beschäftigt und weiß nicht, wie sie sich verhalten soll. »Es sei nichts zu machen mit ihr, meint er, und ich begreife jetzt die Leute besser«, stammelt die schluchzende Frau, »aber es tut doch weh, weil es mein Kind ist. Idiot rufen ihm die anderen Kinder auf der Straße nach oder lachen über sein absonderliches Verhalten. So etwas gehöre in ein Heim und nicht auf die Straße, sagte gestern eine Frau, und ein Kollege meines Mannes findet es unsinnig, daß man ein solches Kind am Leben ließ und aufzieht, weil es doch nichts kann. Aber es ist doch unser Kind, Fräulein.«

Noch immer schweigt die Kindergärtnerin. Sie weiß, sie müßte jetzt etwas sagen, vielleicht erzählen, wie lieb ihr das Kind sei und daß es durch seine besondere Art etwas in die Gruppe ihrer kleinen Schüler bringe, etwas ganz Einmaliges sogar. Aber der Hals ist ihr wie zugeschnürt. Am liebsten möchte sie selber weinen. Warum mußte dieser Arzt der armen Mutter so schnell alle Hoffnung nehmen und sie dann allein lassen mit ihrem Schmerz? Bitter steigt die Frage in ihr auf.

Es ist ihr erstes Weihnachtsfest mit den Kindern. Sie, die Zeit hat, kleine Weihnachtsengel zu basteln und Sterne an die Scheiben zu kleben, weiß nichts vom Betrieb in der viel zu großen Praxis eines überlasteten Arztes. Und sie kann sich nicht vorstellen, warum das Recht zu leben abhängig gemacht werden soll von der Fähigkeit, etwas zu leisten. Der Gedanke ist zu hart für sie, sie kann ihn kaum erfassen. Und nun soll sie antworten, irgend etwas sagen, aber was?

Die Frau wartet und schweigt. Nur ihr Schluchzen ist zu hören. Die Kindergärtnerin sucht nach Worten. Da unterbricht ein frohes Kinderlachen die bedrückende Stille. Das Mädchen auf dem Boden bewegt sich. Es stößt jubelnde Laute aus und greift mit seinen ungeschickten

Fingern nach etwas. Ein Goldschnürchen ist es, das auf dem Boden liegt. Das Glitzern so ganz in seiner Nähe entzückt das Kind. »Die Kleine kann doch etwas«, sagt die Kindergärtnerin erleichtert. »Sehen Sie nicht? Sie kann sich richtig freuen.« Die Mutter schweigt. »Ich schmücke dieses Jahr doch einen Christbaum«, meint sie dann. »Licht hat sie so gern.« Und mit diesen Worten verabschiedet sie sich. Noch wissen die beiden Frauen keine Antwort auf ihre Fragen, aber sie fühlen sich doch erleichtert. Das Kind selber hat ihnen in ihrer Ratlosigkeit geholfen.

Ursula Burkhard

UNTERWEGS

Von allen, die da gehen
durch Nacht und helles Licht,
wird einer zu mir stehen,
doch wer, das weiß ich nicht.

Die Sprache seiner Lippen,
die Farbe seiner Haut,
ich hab' sie nie vernommen,
ich hab' sie nie geschaut.

Auch seine Art zu lachen
ist mir noch unbekannt.
Ich weiß nicht, ist er nahe,
ist er im fernen Land.

Ich wandre meine Straße,
sie führt mich zu ihm hin.
Und er, der auf mich wartet,
wird wissen, wer ich bin.

Werner Schrader

LEBENSWEISHEIT

Mit Karneval und rheinischer Fröhlichkeit bin ich groß geworden, mit Kölner Rosenmontagszug, »Alaaf« und dicker Trumm.
Das Wort »Fasching« ist mir wenig vertraut. Um den hiesigen Fasching zu erleben, fahre ich am Faschingsdienstag mit den Kindern in die Münchener Innenstadt. Lustiges Treiben soll es dort geben. Das Treiben entdecken wir sofort. Aber lustig?
Wir sind angemalt und fallen auf. Die Ringelhemden und Pappnasen, die wir treffen, kann man beinahe an zehn Fingern abzählen. Der Gipfel des Faschingsfrohsinns ist Konfetti aus der Tüte. Konfetti auf Haaren und Schultern, Konfetti, aufgeweicht in grauen Schneepfützen, Konfetti unter den Schuhen.
Über den Marienplatz tönt Lautsprechermusik. Schlager. Einige Kinder drehen sich dazu im Kreis. Wir drängen uns durch die Mauer der unfröhlichen Gaffer, und die Kinder tanzen mit. Ganz alleine tanzt auch eine alte Frau. Graue, zerzauste Haare, aufgeknöpfter Mantel, abgeschabte Handtasche am Arm. Mit ausgebreiteten Armen tanzt sie lachend vor sich hin. Plötzlich bleibt sie vor mir stehen, schaut mir in die Augen, und ich atme penetranten Alkoholgeruch ein. Einige Augenblicke. Dann sagt die Frau: »Das Leben ist schön.« Sie lallt es nicht, sie weint es nicht, sie sagt es einfach, und ihre Augen strahlen dabei nicht nur vom Alkohol. Dann tanzt sie weiter, alleine, lachend. Ich schaue ihr nach.
Der Fasching hier gefällt mir nicht. Ich habe Heimweh nach Kölschem Karneval. Aber diese alte Frau gefällt mir. Das Leben ist schön!

Birgitt Siegl

BÄCKER ABEL

Bäcker Abel wohnte im Nachbardorf. Wir Kinder wurden oft zu ihm geschickt, um Brötchen zu holen und vor Weihnachten die Plätzchenformen auszuleihen. Er war ein freundlicher Mann. Wir besuchten ihn in der Backstube, wo es warm war und nach frischem Brot duftete und im Dämmerlicht der kleinen Lampe das Brot in den Ofen geschoben wurde.

Eines Tages im Herbst kam ich in die Schule und fand an der Wand zwischen den hohen Fenstern neben meinem Platz ein Bild, das da vorher nicht gehangen hatte. Es zeigte in schwarz-weißen, verschlungenen Strichen zwei Männer. Der eine stand aufrecht mit zornigem Gesicht und hielt in hocherhobener Hand einen Knüppel. Am Boden kniete der zweite, streckte abwehrend die Hände aufwärts, und Entsetzen lag auf seinen Zügen.
Ehe der Lehrer die Klasse betrat, stand ich auf und entzifferte mühsam die Schrift unter dem Bild. »Kain erschlägt seinen Bruder Abel« stand da. Der Schrecken durchfuhr mich bis in die Zehenspitzen. Unser Bäcker Abel erschlagen von einem Bruder! Und dieses Ereignis war so furchtbar, daß es als Bild uns Kindern in der Schule gezeigt werden mußte, ganz klar. Ich sagte nichts, das Entsetzen saß mir in allen Gliedern. Bald war Weihnachten, wo wollten wir unsre Backformen herbekommen, die Brötchen, ganz zu schweigen vom täglichen Brot. Ich war wohl keine aufmerksame Schülerin an diesem Morgen.
Endlich kam die Stunde, die ich sehr liebte: Religion. Ich mochte die schönen Geschichten, die der Lehrer uns erzählte. Ungläubig horchte ich auf, als er heute die Erzählung von Kain und Abel vor uns ausbreitete. Den halben Vormittag hatte ich in tiefster Seele den Bäcker Abel beweint — und nun war er es gar nicht, der da erschlagen wurde! Das war ebenso schwer zu fassen wie vorher sein gewaltsamer Tod. Ich konnte es noch gar nicht so recht glauben und mußte immer wieder sagen: Er lebt, es war ja ein ganz anderer Abel, der da vor undenkbar langer Zeit erschlagen wurde!

Am Nachmittag schlich ich mich von zu Hause weg. Ich sagte es keinem. Als ich außer Sichtweite war, begann ich zu rennen. Atemlos kam ich vor der Tür zur Backstube an. Ich lehnte mich an den Pfosten und wollte nichts weiter, als den Bäcker Abel leibhaftig sehen. Nach einiger Zeit tat sich wirklich die Tür auf, und Abel trat heraus. Er schob die mehlbestäubte Mütze in den Nacken, sah mich an und sagte:

»Na, Hildchen, was willste?« Ich sah scheu zu ihm auf. Er war es wirklich! Vielleicht wunderte er sich über meinen prüfenden Blick. Jedenfalls ging er in die Backstube zurück und kam mit einer Semmel wieder. Nun wußte ich es bestimmt: Der Bäcker Abel lebte, er hatte mir eine Semmel geschenkt.
Bäcker Abel starb in hohem Alter eines natürlichen Todes.

Hildegard Kronenberg

VERSTÄNDIGUNG

Unsere
Gespräche
waren oft
zwischen den Zeilen
zu lesen.
Haben wir
das
immer
gekonnt?
Laß uns
den Ausdruck
lernen
den
unser Herz
versteht!

Fritz Köbler

Herr
ich spüre Angst
weil
ich
nicht mehr begreife
was in mir vorgeht
und
wohin
dieser Weg
mich
führt.

Schenke mir
das Vertrauen
daß
Du
es weißt
daß
Du
überall
dabei bist
daß
Du
am Ziel stehst.

Fritz Köbler

NICHT MEHR LOSKOMMEN

Sie zeigen sich kaum noch in der Nachbarschaft. Den Gesprächen über den Zaun gehen sie aus dem Weg. Mit einem flüchtigen Gruß eilen sie, wenn es sich nicht mehr umgehen läßt, an den Leuten vorbei, mit denen sie seit langer Zeit die Straße in der Außensiedlung der Kleinstadt teilen. Zum Einkaufen fahren sie mit dem Wagen in den Supermarkt der nächsten Stadt, hoffend, dort nicht erkannt und nicht angesprochen zu werden.

Er sitzt wieder!

Wie lange, das geht aus den Zeitungsmeldungen, die keinen Namen nennen, nicht hervor. Aber das steht eindeutig fest: Man hat ihn wieder erwischt. Und er war nur auf Bewährung freigelassen worden. Wieder in Frankfurt am Main. Und wieder mit Rauschgift.

Tommy, sechsundzwanzig Jahre alt, bereits zum dritten Mal als Dealer eingebuchtet. Spritzen soll er sich selbst nicht mehr.

Die Nachbarn kommen nicht darüber hinweg, daß ausgerechnet Tommy so einer sein soll. Er hat doch so rechtschaffene Eltern.

Vater und Mutter haben gearbeitet, um das kleine Einfamilienhaus zu bauen. Sie haben kaum Handwerker benötigt, denn nach Feierabend haben sie selbst fast alles allein geschafft. Sie haben damit viel Respekt in der Nachbarschaft geerntet.

Und Tommy? Als die Oma noch lebte, hat sie sich um ihn gesorgt. Sie war immer da, lebte mit im Haushalt, so daß Tommys Mutter Geld verdienen konnte. Besser hätte es Tommy auch nicht bei seiner Mutter haben können. Und später, als die Oma gestorben war, blieb die Mutter selbstverständlich zu Hause.

In der Schule hat es Tommy schwergehabt. Er war nicht so wendig und von allen gut gelitten wie sein jüngerer Bruder Sven. Vielleicht lag es daran, daß er so füllig und unsportlich war. Sie nannten ihn nur den »Dicken«, und besonders der Sportlehrer hatte es auf ihn abgesehen. Der jagte ihn durch die Turnhalle und über den Sportplatz, daß Tommy am Ende krebsrot im Gesicht und japsend auf die Erde fiel. Der Sportlehrer war einer von den alten Kämpfern gewesen. Und er hatte die Lacher auf seiner Seite, wenn er den »Dicken« hetzte und beschimpfte.

Tommy hat mit Ach und Krach die Hauptschule hinter sich gebracht. Dann hat er eine Lehre begonnen. Nach dem Wunsch seines Vaters sollte er Schlosser werden.

Tommy hat diese Lehre keinen Spaß gemacht. Und in der Berufsschule änderte sich auch nichts. Der »Dicke« blieb Zielscheibe des Spottes.

Aber Tommy hat sich niemals dagegen gewehrt. Er hat auch nicht aufgemuckt, als sein Vater für ihn entschied, was er lernen solle. Er hat überhaupt sehr wenig gesprochen. Nicht einmal »Guten Tag« hat er den Nachbarn gesagt. Keiner von ihnen hat es ihm übelgenommen. Man kannte ihn ja von Kind auf und akzeptierte, daß er in sich gekehrt, vielleicht sogar verträumt war.

Freunde hat Tommy nie gehabt. In der Kneipe hat er gelegentlich allein herumgesessen. Und mit Mädchen hat er nie etwas angefangen. Ob er sich von vornherein ausgerechnet hat, daß er doch kaum Chancen hätte? Wer weiß das? Tommy hat mit keinem Menschen darüber gesprochen. Gelegentlich sprachen die Eltern einmal mit ihren nächsten Nachbarn darüber, wie schwierig es mit Tommy sei. Sie entschuldigten sich auch für sein stoffeliges Verhalten, denn sie hatten es wohl bemerkt und ihn darauf hingewiesen. Sie berichteten auch, daß er sehr verschlossen sei und niemand an ihn herankomme. Aber sparsam sei Tommy, keine Mark würde er unnütz ausgeben. Alles Geld, was er bekomme, würde er zusammenhalten.

Tommys Traum war ein Motorrad. Für dieses Motorrad legte er alles Geld zurück. Mit diesem Motorrad wollte er den anderen schon zeigen, wer Tommy war und was Tommy konnte. Kein Wunder, daß er, der in der Schule immer Schwierigkeiten gehabt hatte, den Führerschein auf Anhieb schaffte.

Ein großes, auffälliges Motorrad mit einem hochgezüchteten Motor kostet viel Geld. Das kann man sich nicht einfach so leisten wie einen Gebrauchtwagen aus dritter oder vierter Hand. Solche Vehikel leisteten sich seine Alterskameraden. Aber nicht Tommy! Nein, das mußte schon etwas ganz anderes sein. Etwas, das vergessen lassen könnte, wie schlecht Tommy angesehen war. Etwas, was Tommy wie einen Phönix aus der Asche erstehen lassen würde. Nur das war es zunächst, was Tommy wollte. Aber dafür brauchte er Geld, viel Geld. Dazu reichte sein spärliches Lehrlingseinkommen nicht, wenn er auch kein Geld zu Hause abgeben mußte.

Irgendwann hat Tommy dann ein paar Leute kennengelernt. Die hatten Geld und wußten, wie man noch mehr Geld machen konnte. Vor allem aber, und das war für Tommy am wichtigsten, sie holten ihn, der allein saß, zu sich an den Tisch, tranken Bruderschaft mit ihm, nannten ihn Tommy und nicht Dicker, trieben mit ihm gemeinsam ihre Späße und machten sich nicht über ihn lustig. Das bewirkte, daß Tommy sich veränderte, daß er aufgeschlossener wurde, daß er sich gern und immer häufiger mit ihnen traf. Und ihn interessierte alles, was diese Leute auch interessierte.

Die Nachbarn erinnern sich, daß in dieser Zeit oft ein silbergrauer Mercedes vor dem Haus parkte, oft bis zum nächsten Morgen, weil Tommy Besuch hatte. Die Leute, die zu Tommy kamen, gefielen seinen Eltern nicht. Aber schließlich waren sie froh, daß Tommy jetzt endlich überhaupt Freunde gefunden hatte. Deshalb sagten sie wenig dazu, verwahrten sich aber, auch im Hinblick auf die Nachbarschaft, gegen die zu laute Musik. Und wenn gelegentlich getrunken wurde? Nun, das taten andere junge Leute auch. Genau kontrollieren konnten die Eltern sowieso nicht, was in Tommys Zimmer hineingeschleppt wurde und was dort geschah. Schließlich respektierten sie seine Privatsphäre.

Zu dieser Zeit hat Tommy zum ersten Mal eine Spritze probiert. Die anderen waren dabei und haben ihm zugeredet, haben sich selbst gespritzt und gezeigt, wie das geht. Tommy ist davon so speiübel geworden, daß er sich nicht noch einmal dazu hat überreden lassen. Nein, sie sollten ihm nicht böse sein, aber das Zeug wollte er nicht mehr. Ob sie denn die Sachen bei ihm unterstellen können? Hier bei Tommy sind sie sicher. Und Tommy braucht keine Angst zu haben! Sie beschaffen ihm auch Geld, damit er das schicke Motorrad kaufen kann.

Das Motorrad war bestellt, und das Geld lag bereit. Es sollte in zwei Tagen kommen. Tommy überlegte sich, wie er seinen Eltern erklären könne, warum er plötzlich über so viel Geld verfügte.

Da standen plötzlich Kriminalbeamte vor der Tür und hatten einen Durchsuchungsbefehl. Die Eltern fielen aus allen Wolken. Tommy war nicht da. Aber in seinem Zimmer fanden sie das, was sie suchten. Drei Tage blieb Tommy verschwunden. Dann faßten sie ihn. Damals tauchten zum ersten Mal die Ausdrücke »Mithilfe«, »Mitwisser« und »Dealer« in der Zeitung auf. Aber Tommy war noch nicht volljährig, und sein Vater kämpfte für ihn, obwohl er nicht verstehen konnte, warum das ausgerechnet mit seinem Sohn passiert war.

Sogar sein Lehrherr ließ sich überreden, ihn nicht aus der Lehrstelle zu entlassen. Keiner wollte Tommy einen Stein in den Weg legen. Eine Jugendsünde, die man vielleicht vergessen konnte. Tommy brauchte keine Strafe abzusitzen. Er fand milde Richter und gute Fürsprecher.

Nur das Motorrad, das blieb auf der Strecke. Nach Beendigung seiner Lehre kaufte sich Tommy seinen ersten Wagen. Ein Gebrauchtwagen aus zweiter Hand. Der Vater half ihm dabei, wunderte sich aber später über die vielen Extras, die Tommy nach und nach einbauen ließ. Nun ja, der Wagen war sein ganzer Stolz! Wenn er nur sonst nichts tat. Aber genau nach einem Jahr wurde Tommy wieder entdeckt. Diesmal fand man Rauschgift in seinem Wagen. Die Polizei hatte Tommy bereits seit längerer Zeit überwacht. Tommy gab alles zu und leugnete nichts. Es wäre auch zwecklos gewesen. Aber seine Freunde, von denen er das Zeug hatte, verriet Tommy nicht. Diesmal ging es nicht so glimpflich ab. Es fanden sich auch Zeugen, denen Tommy im Auftrag seiner Freunde einiges verkauft hatte. Die Toilette einer Diskothek war der

Umschlagplatz gewesen. Nicht viele Zeugen fanden sich, aber es reichte, um Tommy eine längere Strafe absitzen zu lassen.
Jetzt bemühten sich viele um ihn. Aber Tommy versank wieder in seine Verschlossenheit. Er führte sich gut, war nicht auffällig. Aber er traf im Gefängnis einen seiner Freunde wieder. Und dieser hatte hier noch andere Freunde, mit denen er Tommy bekannt machte. Davon erzählte Tommy denen nichts, die sich um ihn bemühten, auch seinen Eltern nicht.
Als er über Weihnachten für ein paar Tage nach Hause durfte, nutzte er die Gelegenheit, um die Aufträge, die ihm seine Freunde gegeben hatten, auszuführen. Er nutzte diese Zeit, weil er vor diesen Freunden bestehen wollte. Er hatte da seine eigene Auffassung von Ehre.
Weder seine Eltern noch sonst irgend jemand merkten etwas davon. Den Nachbarn war nur aufgefallen, daß Tommy viel schmaler geworden war, viel besser aussah.
Nach seiner Entlassung nahm Tommy wieder eine Arbeit an, jetzt in dem Betrieb, in dem auch sein Vater arbeitete. Ob sich Tommy bewußt war, daß der Chef ihn nur wegen seines Vaters eingestellt hatte?

Wie und wo es Tommy schaffte, immer wieder an neuen Stoff zu kommen und diesen an den Mann zu bringen, welche Beziehungen, welche heimlichen Freunde er hatte, das wurde auch in den verschiedenen Gerichtsverhandlungen, die in den nächsten Jahren folgten, niemals ganz deutlich. Denn so freundlich und aufgeschlossen Tommy hier auch schien und auch sein eigenes Handeln kaum entschuldigte, blieb er doch stumm oder gab vor, nichts zu wissen, wenn nach seinen Helfern und Helfershelfern gefragt wurde.
Tommys Vater, der bereits sooft im Gerichtssaal gesessen, weil er seinen Jungen nicht aufgeben wollte, ist heute nicht erschienen.
»Bereits vor seiner Volljährigkeit, bereits als Jugendlicher hat dieser Angeklagte mit Rauschgift zu tun gehabt!« sagt der Staatsanwalt und deutet mit seinem Zeigefinger auf Tommy, der scheinbar teilnahmslos auf der Anklagebank sitzt. »Jetzt ist er achtundzwanzig Jahre alt und hat in dieser ganzen Zeit immer wieder aktiv dazu beigetragen, daß andere junge Menschen süchtig wurden. Vielleicht ist er sogar schuldig am Tod von Menschen. Er ist schuldig an dem Leid, das über viele Familien gekommen ist. Schuldig, weil er seit über zehn Jahren regelmäßig Rauschgift abgibt und umsetzt!«
Tommy bleibt auch dann stoisch ruhig, als der Staatsanwalt die Höchststrafe für ihn fordert.
»Haben Sie niemals daran gedacht, daß Sie als Dealer andere Menschen für ihr ganzes Leben süchtig werden lassen, daß Sie zum Mörder werden?« fragt ihn jetzt der Richter.

»Zumindest hat man Sie in den früheren Verhandlungen, und es waren ja nicht wenige, immer wieder darauf aufmerksam gemacht! Haben Sie niemals darüber nachgedacht?«
Tommy schaut unter sich.
Da läßt ihm der Richter ein Foto reichen.
»Kennen Sie den jungen Mann?«
Tommy nickt stumm.
»Wissen Sie, warum ich Ihnen das Foto zeige?«
Tommy schüttelt den Kopf.
»Dieser junge Mann ist vor zwei Tagen gestorben. Er kam von dem Zeug nicht mehr los. Am Ende hat er von einem diesen vermengten Stoff bekommen. Wahrscheinlich war das einer Ihrer Freunde, deren Namen Sie uns nicht nennen und die Sie nicht kennen wollen!«
Tommy weint haltlos. Aber er bleibt nach wie vor stumm. Vielleicht könnte er dem Richter sagen, daß diese Freunde die einzigen sind, bei denen er etwas gilt. Vielleicht könnte er auch sagen, daß es für ihn eine Genugtuung ist, etwas zu beschaffen, was andere nicht beschaffen können. Vielleicht würden einige sogar ein bißchen Verständnis für ihn aufbringen, würde er von früher, von seiner Schulzeit und von seinem Traum vom großen Motorrad erzählen.
Aber wem würde es nützen?
Tommy nicht... Und denjenigen, die durch Tommy süchtig wurden, auch nicht.
So schweigt Tommy, auch als das Urteil verkündet und er abgeführt wird. Wie es weitergeht, wenn Tommy später einmal entlassen wird, weiß keiner. Auch Tommy nicht.
Tommys Eltern haben gestern ihr Haus verkauft. Sie sind unbekannt verzogen. Nur die Post weiß, wohin eventuelle Briefe nachgeschickt werden sollen.

Rolf Krenzer

MARIETTAS WEITE REISE

An diesem Morgen, als Marietta zur Arbeit ging, sah ihr die Mutter vom Küchenfenster aus nach und dachte: Wie laut das Mädchen heute auftritt. Oder war das schon immer so gewesen? Sie ist noch so jung und steht schon so fest im Leben. Neulich verkündete sie sogar, sie werde bald auf eine weite Reise gehen. Immer hat sie Ideen und Pläne, sie sprudelt über vor Lebensinhalt.

Es wurde Abend, doch Marietta war noch nicht da. »Vielleicht muß sie heute länger arbeiten, vielleicht hat sie den Bus verpaßt, oder sie hat ihre Freundin getroffen«, sagten ihre Geschwister. Mutter horchte auf ihren Schritt, der ihr noch in den Ohren klang. Als sie nicht kam, zündete Mutter nach dem Essen eine gesegnete Kerze an. Sie brannte noch, als später der Pfarrer in die Stube trat. Es war gut, einen starken Glauben zu haben, denn er hatte ihnen eine schwere Botschaft zu bringen. Marietta kam nicht mehr — sie war von einem Auto angefahren und schwer verletzt worden. Im Krankenhaus hatte man alles versucht, um sie zu retten. Aber sie hatte ihre weite Reise angetreten — sie war gestorben!

Erst nach vielen Wochen tiefer Trauer konnte man in der Familie über Mariettas Leben und Sterben sprechen. Aus der Erinnerung kamen oft tröstliche Begebenheiten zu Tage. Der Vater erzählte vom lauten Schritt seiner Tochter an ihrem letzten Tage. Er hatte dies genauso empfunden wie seine Frau, doch beide hatten darüber geschwiegen. Hatte ihr kurzes Leben einen Sinn gehabt? Die Eltern erzählen: Sie lebte viel intensiver als wir alle. Sie hatte immer neue Einfälle, um ihrem Leben Impulse und Inhalt zu geben. Sie trug ihre Fröhlichkeit unter die Menschen. Für ihr Alter war sie viel reifer — sie philosophierte über Leben und Tod. So sehr sie ihr Leben liebte, den Tod fürchtete sie nicht. Er war nur das Tor zu einem besseren Leben, nach einer weiten Reise. Mariettas Leben und Sterben war von Gott gelenkt. Sie sind dankbar für die achtzehn Jahre, die Marietta bei ihnen sein durfte. Sie fühlen alle, daß sie in Gott lebt und daß sie glücklich ist. Sie glauben an die Auferstehung, und in dieser großen Verheißung findet Mariettas weite Reise ihren tiefsten Sinn...

Frieda Krieger

NICHT AUFGEBEN

Zunächst schien alles doch noch gut zu werden. Als Piet die Schule verlassen mußte, weil eine nochmalige Wiederholung der Klasse nicht möglich war, fand sich doch nach einigen abschlägigen Bescheiden noch eine Lehrstelle. Der Traum vom Abitur war ausgeträumt. Aber was nützte überhaupt das Abitur? Eine Schreinerlehre erschien ihm und seinen Eltern als eine mögliche Alternative. Und mit Holz hatte Piet schon immer gern zu tun gehabt.

Nach anfänglichen Eingewöhnungsschwierigkeiten begann die Lehre ihm Spaß zu machen. Der kleine Familienbetrieb gab ihm die Chance, an die unterschiedlichsten Arbeiten heranzukommen und nach und nach an sich selbst zu entdecken, über welche Fähigkeiten er verfügte. Auch sein Chef war mit ihm zufrieden. So konnte er sich aus einer momentanen Sicherheit und Geborgenheit auf seine Prüfung vorbereiten und legte diese auch mit einer guten Zensur ab.

So war doch noch alles gut geworden.

Von Anfang an hatte Piet gewußt, daß er nach seiner Lehrzeit nicht mehr in diesem Familienbetrieb bleiben konnte. Der Betrieb konnte zwar einen Lehrling verkraften, nicht aber einen Gesellen bezahlen. Und um einen neuen Lehrling hatte sich der Meister bereits bemüht. Es gab ja genügend Bewerber. Nachdem zwei Monate ergebnislosen Suchens verstrichen waren, eröffnete ihm Claudia, mit der er seit einiger Zeit zusammen war, daß sie ein Kind erwarte. Claudia stand mitten in einer Einzelhandelskaufmannslehre. Sie befürchtete, daß sie wegen des Kindes die Lehre abbrechen müßte.

Zunächst versuchte Piet, alles zu verdrängen, was ihn jetzt bedrückte. Er fand auch keinen Weg, seine Eltern zu informieren. Das Verhältnis zu seinem Vater war schon immer nicht gut gewesen. Und seine Mutter wollte er nicht belasten. Er begann nur, immer verzweifelter nach einer Anstellung zu suchen.

Als er dann endlich eine Stelle als Hilfsarbeiter in einem kleinen Ort, der über zwanzig Kilometer entfernt war, fand, nahm er es in Kauf, täglich den Weg mit seinem Fahrrad zu machen. Eine Bahnverbindung existierte nicht.

Mit der Einstellung in der Tasche vertraute er sich dann seiner Mutter an. Nein, eine Heirat kam nicht in Frage! Aber da gab es einen Freund, der ein altes Haus gemietet hatte und der ihm zwei Zimmer weitervermieten wollte. Ihm und Claudia. Claudias Vater lebte nicht mehr. Und ihre Mutter? Schwamm drüber! Sie hatte einen neuen Freund und

nichts einzuwenden, als Claudia die Wohnung verließ. Das Kind, das Claudia erwartete, kümmerte sie wenig. Sie hatte keine Vorwürfe parat, aber auch keine Hilfe.
So zogen Piet und Claudia bei Jürgen ein. Piets Mutter half mit Möbeln aus, so gut es ging. Auch mit Bettwäsche, Geschirr und all dem Kram, der jetzt plötzlich nötig war. Heimlich, versteht sich, denn Piets Vater wollte mit dem Sprößling, der das Abitur nicht geschafft, dafür jetzt auch noch einem Mädchen ein Kind gemacht hatte, nichts mehr zu tun haben. Schließlich war er ein angesehener Angestellter im öffentlichen Dienst. Jedenfalls kam er sich so vor. Prinzipien und unkorrigierbare Vorurteile hatten ihn geprägt. Da war kein Platz für Piet und seine Probleme. Claudias Schwangerschaft gestaltete sich problematisch, so daß sie ihre Lehrstelle aus eigenem Willen aufgab. Piet verdiente immerhin so viel, daß es für die Wohnung, für das notwendige Essen und ab und zu auch für ein paar Extras reichte.

Als dann Niki geboren wurde, war Piet wieder arbeitslos. Die Firma war pleite, und sein letztes Monatsgehalt stand noch aus. Er hat es bis heute noch nicht bekommen. Damals begann Piet, sich im »Landsknecht« mit seinen alten Freunden zu treffen. Schulfreunde von einst, die auch ohne Arbeit waren. Und weil Claudia länger als vorgesehen im Krankenhaus bleiben mußte, war Piet immer häufiger hier. Auch als sie mit Niki in die kleine Zweizimmerwohnung zurückkam, fand er täglich neue Gründe, um aus der Enge des Zusammenwohnens zu flüchten und seinen Apfelwein im »Landsknecht« zu trinken.
Mit dem Geld wurde es immer schlechter. Piets Mutter unterstützte sie, so gut sie nur konnte. Vor allem sorgte sie dafür, daß Niki ein Bettchen, Windeln und Strampelanzüge und auch die vielen notwendigen Säuglings-Pflegemittel bekam. Sie arbeitete halbtags als Schulsekretärin. Und ein großer Teil ihres Verdienstes ging für Niki, Claudia und Piet drauf.
Damals begann Claudia, Piet Vorwürfe wegen seines Trinkens zu machen. Doch Piet lachte nur. Das bißchen Apfelwein, das er sich leisten konnte, würde ihn bestimmt nicht abhängig werden lassen. Aus Wut ging er wieder und kam erst spät am Abend zurück. Daß er an diesem Abend zum ersten Mal in seinem Leben Claudia geschlagen hatte, weil sie ihm erneut Vorwürfe gemacht hatte, daß er zwei Teller auf dem Fußboden zerschmettert hatte, erschien ihm am nächsten Morgen unvorstellbar.
Seiner Mutter fiel es dann auf, daß er immer öfter nach Alkohol verlangte. Vielleicht hatte auch Claudia ihr etwas gesagt. Piet wehrte sich, stritt ab, vom Alkohol abhängig zu sein. Zudem konnte er eine neue Stelle vorweisen. Ab nächsten Montag war er dort eingestellt. Endlich

wieder Arbeit! Damit würde auch diese Zeit überwunden sein. Piets Mutter atmete auf. Sie hoffte, vertraute und unterstützte die kleine Familie weiterhin. Fast ein Vierteljahr später brachte ihr Claudia völlig unvorbereitet das Kündigungsschreiben, das sie in Piets Tasche gefunden hatte. Sie hatte nachgeforscht und wußte noch mehr. Piet war wegen Trunkenheit am Arbeitsplatz entlassen worden. Erzählt hatte er ihr davon nichts. Aber er war seit gestern nicht mehr nach Hause gekommen. Gemeinsam mit Claudia wartete Piets Mutter in der kleinen Zweizimmerwohnung auf Piet. Und Claudia erklärte ihr weinend, daß sie Piet verlassen wollte, weil sie einfach unter diesen Bedingungen nicht mehr mit ihm zusammenleben konnte. Daß sie auch von Piet geschlagen wurde, davon erzählte sie seiner Mutter nichts. Sie brachte es einfach nicht über sich, ihr das auch noch zu sagen.
Als Piet dann endlich kam, reichte ihm seine Mutter wortlos das Kündigungsschreiben und ließ es auf keine Auseinandersetzung mit ihm ankommen. Sie sagte nur, daß sie nun Claudia und Niki mit zu sich nach Hause nähme und morgen mit ihm sprechen wolle. Morgen, wenn er ausgeschlafen habe. Und sie drückte ihren großen Jungen und strich ihm die schweißnassen Haare aus der Stirn. Piet ließ es geschehen und blieb wie verloren zurück, als Claudia und Niki mit seiner Mutter die Wohnung verließen.
In dieser Nacht schwor Piet sich, daß er nicht mehr trinken wolle. Er schüttete die halbe Flasche, die er noch bei sich hatte, in den Ausguß. Piet wußte, daß seine Mutter bestimmt Auseinandersetzungen mit seinem Vater hatte, weil sie Claudia und Niki mit nach Hause brachte. Sein Vater hatte sie noch nie in der Wohnung besucht, hatte Niki ignoriert, weil sie nicht verheiratet waren.
»Es wird anders werden!« sagte Piet immer wieder und schnitt sich in dieser Nacht seine Haare ab, die seit Jahren über seine Schultern reichten.
Am nächsten Morgen rief er von einer Telefonzelle aus seine Mutter in der Schule an. Sie erwartete ihn zum Mittagessen. Sein Vater kam nicht nach Hause. Er aß regelmäßig zusammen mit seinen Kollegen beim Italiener am Marktplatz. Seine Mutter drückte ihn dann, als er kam. Und Claudia legte ihre Arme um seinen Hals. Als Piet dann den kleinen Niki auf dem Schoß hielt, konnte er nicht mehr gegen die Tränen ankämpfen. »Es wird alles anders!« sagte er immer wieder. »Das verspreche ich!«
»Es gibt solche Gruppen ...«, sagte seine Mutter zögernd.
Doch Piet wies einen solchen Vorschlag mit Nachdruck zurück. »Das schaffe ich allein!« sagte er. »Ich bin doch nicht abhängig!«
Und Claudia blickte ihn mit neuer Hoffnung an. »Wir schaffen es allein!« sagte sie. »Wir müssen es schaffen.«

Vier Monate lang fand Piet keine neue Arbeit.
Vier Monate lang blieb Piet trocken.
Am 6. März ist Piet wieder betrunken nach Hause gekommen. Als Claudia weinte, begann Piet zu rasen. Er fegte das Geschirr aus dem Schrank, trat nach dem wenigen Mobiliar in der Wohnung und zertrümmerte schließlich zwei Fensterscheiben. Dann brach er heulend vor Nikis Bettchen zusammen. Mitten in der Nacht verließ Claudia mit Niki auf dem Arm ihre Wohnung. Zwei Tage blieb sie bei Piets Mutter. Dann fuhr sie mit Niki nach Wiesbaden. Ihre ältere Schwester war dort verheiratet. Jedenfalls für die erste Zeit würde sie dort unterkommen.
Claudia ließ sich auf keine Verhandlungen mit Piet mehr ein. »Ich kann so nicht weiterleben!« sagte sie nur. »Und Niki auch nicht!«
»Er hatte es doch schon geschafft!« klagte Piets Mutter und gab Claudia das Geld für die Fahrt nach Wiesbaden. Sie regelte es auch, daß Piet die Alimente pünktlich an Claudia zu überweisen hatte.
Sie stellte sich ganz auf die Seite Claudias und drückte ihren großen Jungen, der es am Ende doch nicht geschafft hatte.
Seit vierzehn Tagen ist Piet trocken. Wieder trocken. Claudia ruft manchmal an. Sie will wieder zu sich selbst finden. Vor allem deshalb, weil doch Niki da ist. Ob sie zurückkommen wird, weiß sie nicht. Noch nicht.
Piet hat alles wieder repariert, was an jenem Abend in der Wohnung zerstört wurde. Mittags geht er regelmäßig nach Hause. Er raucht viel. Selbstgedrehte Zigaretten. Aber er ist wieder trocken. Seit vierzehn Tagen trocken.
Er sagt nicht mehr, daß er es allein schafft, trocken zu bleiben.
Er hat den Vorschlag seiner Mutter aufgegriffen, in eine Selbsthilfegruppe zu gehen. Er läßt sich von ihr führen, so wie sie ihn damals geführt hat, als er noch ein ganz kleiner Junge war.
Und seine Mutter geht mit ihm. Sie läßt ihn nicht allein.
»Ich muß es schaffen!« sagt Piet. »Ich darf nicht aufgeben!«
»Du wirst es schaffen!« antwortet sie und versucht ein hoffnungsvolles Lächeln.
Ob Piet weiterhin die kleine Wohnung halten kann? Ob Claudia und Niki zurückkommen? Ob er wieder Arbeit findet? Ob es überhaupt noch eine Zukunft gibt, die anders ist als die grenzenlose Hoffnungslosigkeit von heute?
»Ich muß trocken bleiben!« sagt Piet. Und seine Mutter nickt. »Wir müssen es schaffen!«
Sie versucht, ihm Sicherheit zu vermitteln. Sie glaubt an ihn. »Du hast es doch schon einmal vier Monate lang geschafft!« sagt sie.
Ganz zögernd beginnt Piet, wieder Vertrauen zu sich selbst zu finden.

Ja, er hat es schon einmal geschafft. Vier Monate lang. Und jetzt bereits wieder vierzehn Tage.
»Ist das nichts?« fragt seine Mutter und legt den Arm um ihn. Dann suchen sie zusammen nach Stellenanzeigen in der Zeitung. Seit zehn Tagen schreibt Piet auf jede Anzeige. Seit zehn Tagen bewirbt er sich immer wieder. Vielleicht klappt es doch einmal!
Als Piets Vater heimkommt und wegen des Zigarettenqualms in der Küche zu toben beginnt, greift Piet nach seiner Strickjacke. »Ich wollte sowieso gehen!» sagt er leise. Seine Mutter nimmt den Mantel.
»Du willst auch fort?« fragt sein Vater.
Piets Mutter nickt nur, und Piet wird wieder einmal deutlich bewußt, daß sich seine Eltern schon seit Jahren nichts mehr zu sagen haben. Jeder geht seine eigenen Wege.
»Damit kann man leben!« sagt seine Mutter, als sie zusammen zu dem Treffen gehen. »Damit muß man leben!« Sie hängt sich bei ihrem Sohn ein. Piet spürt, daß er fast zwei Köpfe größer ist. Er stellt auch plötzlich und für ihn ganz überraschend fest, daß das Haar seiner Mutter bereits grau ist. Seltsam, das hat er noch nie bemerkt. Sie wird im nächsten Jahr fünfzig.
Ganz zärtlich nimmt er ihre Hand.
»Ich gebe nicht auf!« flüstert er.
»Wir schaffen es zusammen!« sagt sie und drückt sich fest an ihren großen Sohn. »Heute bist du schon wieder einen Tag länger trocken!«

Rolf Krenzer

Wie oft
bleibe ich
zurück
hinter
meinen Schritten.

Fritz Köbler

Gestern abend habe ich mal wieder an Gott gedacht.
Gestern habe ich eine sehr schlimme Erfahrung gemacht
und mich abends mal wieder an Gott erinnert.
Viel zu selten, wie ich jetzt feststellen muß.
Immer nur dann, wenn ich in Not bin.
Doch manchmal denke ich auch an Gott,
wenn alles zu meiner Zufriedenheit verlaufen ist,
wenn ich mich über etwas Besonderes gefreut habe.
Dann danke ich ihm
denke an ihn
viel zu selten
und nur manchmal.

Renate Wurziger

ZU TODE GETRAMPELT

48 in Kairo
300 in Lima
70 in Buenos Aires
66 in Glasgow

die 48, weil die Tribüne brach
die 300, weil sie dem Schiedsrichter zürnten
die 70, weil sie ein Freudenfeuer für eine Brandkatastrophe
hielten
die 66, weil noch ein unerwartetes Tor gefallen war

484 haben vorzeitig ihr Leben verloren

Ortfried Pörsel

DER FUNKE

Die Angst vor dem Verlassenwerden
bedrückt uns alle hier auf Erden.
Wenn liebe Menschen von uns gehn,
wenn wir Bekannte nie mehr sehn,
wenn Eltern plötzlich nicht mehr sind,
dann schrumpfen wir zu einem Kind,
das von der Mutter fortgenommen,
dem alle Liebe weggeschwommen
ist und das bedrückt erkennt:
Ein Band ist gnadenlos zertrennt.

Blind stehen wir im Trauernebel,
herzlos gewürgt vom Tränenknebel.
Die Seele, stranguliert von Pein,
erstarrt in uns zu Bitterstein.
Wir wissen, ohne es zu fassen,
es hat uns wieder wer verlassen,
die Lust am Leben überfahren,
wie schon so oft in all den Jahren.
Wir fühlen, steigernd noch die Qual:
Dies war noch nicht das letzte Mal.

Ein Hoffnungsfunke nur glimmt fein:
Hab Mut, du bist nie ganz allein.

Alfons Schweiggert

GEBURT UND TOD

Sie ging erst zum Arzt, als sie sich vor Schmerzen krümmte. Der Arzt untersuchte sie sorgfältig. Ihr fiel auf, daß er immer schweigsamer wurde. Die steile Falte zwischen seinen Augenbrauen grub sich tiefer ein. Die Untersuchung war unangenehm und schmerzhaft. In einer Woche sollte sie das Ergebnis erfahren.

Ungeduldig wartete sie auf diesen Termin. Die Ungewißheit quälte sie, obwohl sie länger schon ahnte, wie es um sie stand. Die rasenden Schmerzanfälle sprachen eine gefährliche, grausame Sprache.

Als der Arzt schonend versuchte, ihre Krankheit zu umschreiben, fragte sie ihn unvermittelt: »Es ist Krebs, nicht wahr?«

»Ja.«

»Unheilbar?«

»Sie haben eine Chance. Mit Medikamenten und Bestrahlungen können wir den Krebs noch rechtzeitig bekämpfen.«

»Und das Kind? Wird es dem Kind schaden?« fragte sie hastig und legte schützend ihre Hände über ihren Leib.

Die Antwort des Arztes kam zögernd: »Ich fürchte, dem Kind wird es schaden.«

Sie schwieg.

»Diese Behandlung ist sehr einschneidend und für Ihren Körper auch sehr anstrengend. Aber ich bin sicher, daß wir Erfolg haben werden. Sie werden wieder gesund. Am besten ist es, wenn wir sofort mit der Behandlung beginnen. Wir dürfen keine Zeit verlieren!«

»Ich möchte es mir bis morgen überlegen«, meinte sie leise.

Als ihr Mann abends nach Hause kam, stand ihr Entschluß fest.

»Was hat der Arzt gesagt?« fragte er.

»Krebs.«

Unwillkürlich wich er von ihr zurück. In seinen Augen stand Angst. Ruhig, fast gelassen, berichtete sie weiter: »Der Arzt meint, man könne mich heilen. Aber die Behandlung würde dem Baby schaden. Deswegen lasse ich mich nicht behandeln.«

»Weißt du, was du tust?« brach es aus dem Mann heraus. »Dein Leben könnte gerettet werden, und du weigerst dich?«

»Ich lasse mich nicht behandeln, weil es dem Baby schadet«, wiederholte sie. Ihre Stimme klang fest.

»Denkst du denn gar nicht an uns, an mich und David? Wir brauchen dich doch! Wie sollen wir ohne dich zurechtkommen?« Vorwurfsvoll und fast feindselig stieß er seine Fragen aus.

»Ich werde alles vorbereiten, damit du dich zurechtfindest, wenn... wenn es soweit ist.«
Der Mann starrte sie verständnislos an. War das noch seine Frau? Wie eine Fremde kam sie ihm vor.
Schmerzen unterbrachen das Gespräch. Der Mann konnte die sich krümmende und stöhnende Frau nicht ertragen. Sich die Ohren zuhaltend, verließ er die Wohnung. Sie war allein mit ihren Schmerzen. Nein, nicht ganz allein. Sie trug ein Baby, dessen Leben für sie unantastbar war. Als die Schmerzen abklangen, flüsterte sie fast zärtlich: »Dir geschieht nichts, mein Kleines. Ich habe Zeit genug, sagt der Arzt, um dir das Leben zu schenken. Weißt du, die Welt ist schön. Und du sollst sie gesund erleben.«
Der Gedanke an den Tod machte ihr keine Angst. Sie war trotz der Schmerzen glücklich: Sie würde ihr Leben geben für ein neues Leben. Bekam damit nicht ihre Krankheit einen tieferen Sinn?
Am nächsten Tag teilte sie dem Arzt ihren Entschluß mit.
»Haben Sie es sich auch genau überlegt?« begann er. »Denken Sie doch an Ihre Gesundheit, an Ihr Leben! Sie sind noch jung und haben viel Zeit vor sich. Sie haben doch auch einen Jungen und Ihren Mann, für die Sie sorgen müssen!«
Dem Arzt entging nicht, daß sich bei seinen letzten Worten die Lippen der Frau verbittert zusammenpreßten.
»Bitte versuchen Sie nicht, mich umzustimmen«, bat sie, »ich habe mir meinen Entschluß genau überlegt.«
Langsam verließ sie das Zimmer, von Schmerzen geschwächt.
»Ich möchte ihr helfen und kann es nicht. Sie ist noch so jung!« dachte der Arzt, als er die Tür hinter ihr schloß.
Als ihr Mann sicher war, daß sich seine Frau nicht behandeln lassen würde, verließ er sie. Den dreijährigen David nahm er mit, weil sie sich nicht mehr ausreichend um ihn kümmern konnte. Noch bevor das Baby geboren war, reichte er die Scheidung ein. Alleingelassen, versuchte die Frau noch zu regeln, was es zu regeln gab.
Dann ging sie ins Krankenhaus. Sie wußte, daß sie es nicht lebend verlassen würde. Aber die Hoffnung, daß sie dort ein Baby zur Welt bringen würde, machte sie ruhig und glücklich. Die Krankheit verschlechterte sich zusehends. Die bohrenden Schmerzen häuften sich. Aber sie hielt bis zur Geburt ihres Kindes durch. Es war ein gesundes Mädchen. Sie gab es sofort zur Adoption frei. Es sollte gute Eltern finden. Dann starb sie.
Sie war erst vierundzwanzig Jahre alt.
Ihre Geschichte konnte man in der Zeitung lesen.

Heidi Kaiser

CLAUDIA UND DER TOD

Ich möchte von einem Erlebnis aus der Zeit berichten, in der ich als Pfarrer in B. an einer Schule für Geistigbehinderte Religionsunterricht erteilte. Ich hatte die Angewohnheit, jedesmal wenn ein großes Unterrichtsvorhaben abgeschlossen war, einige scheinbar belanglose Gegenstände mit in die Gruppe zu nehmen, mit denen die Schüler frei spielen konnten. Dabei konnte ich viel über die Persönlichkeit der doch gelegentlich verschlossen oder unverständlich wirkenden Jugendlichen erfahren.

Ich erinnere mich noch genau an Claudia. Sie war 16 Jahre alt, kaum 1,50 m groß, ziemlich pummelig, im Unterricht sehr lebendig. Ihre geistige Behinderung äußerte sich u. a. darin, daß sie keine vollständigen Sätze sprechen konnte; es war nicht immer leicht, ihre kurzen Sprachgebilde zu verstehen.

Seit einiger Zeit war Claudia im Religionsunterricht sehr still; sie wirkte teilnahmslos. Was sie sonst gern tat, ließ sie nun unberührt. Ihre sonst so wachen Augen stierten geradeaus, ins Leere gerichtet. Auch die anderen Kinder der Gruppe hätten gern den Schleier fortgerissen, der Claudia zu umgeben schien. Mehrere Wochen dauerte dieser Zustand.

Eines Tages brachte ich große Umzugkartons aus Pappe mit in Claudias Gruppe. Die Kartons waren von meiner Übersiedlung nach B. übriggeblieben. In der Pause vor dem Religionsunterricht setzte ich etwa sechs dieser Faltkartons zusammen und stellte sie irgendwohin in den Klassenraum.

Die Kinder nahmen sogleich von den neuen Spielgeräten Besitz. Claudia besah sich einen Karton lange von allen Seiten, schaute hinein, zögerte noch etwas; dann aber stieg sie in den Karton und verschloß von innen die vier Deckelklappen. Es mögen wohl zwei Minuten später gewesen sein, als Claudias Karton mit einem gewaltigen Lärm auseinanderbarst. »Ich — Mama — tot!« schrie Claudia. — Sie weinte noch lange.

Im Gespräch, das ich am folgenden Tag bei einem Hausbesuch mit Claudias Vater in der Wohnung führte, erfuhr ich, daß ihre Mutter nach einem schweren Verkehrsunfall mit mehreren komplizierten Beinbrüchen und mit inneren Verletzungen schon seit neun Wochen in der Klinik lag.

Ulrich Kolkmann

MORGEN WIRST DU STERBEN

Morgen wirst du sterben,
Kind.
Morgen wirst du
dein schützendes Heim
verlassen müssen
und nie wissen,
was es heißt,
geboren zu werden.
Du wirst nie vom Dunkel
ans Licht gelangen
und nie hören,
wie deine Stimme klingt.
Du wirst nie erfahren,
wie es ist,
geborgen zu sein
und beschützt vor allem,
was dir Angst macht.
Du wirst nie spüren,
wie dein Hunger gestillt wird,
und nie bekommst du
ein Lächeln geschenkt.
Du wirst nie lernen
zu laufen,
zu essen
und zu sprechen.
Du wirst nie
andere Menschen fröhlich machen
und ihnen nie sagen können,
wenn dich etwas bedrückt.
Du wirst nie weinen,
nie lachen,
nie ausgelassen sein.
Du wirst dich nie
einsam
oder glücklich
oder traurig fühlen.
Du wirst nie lieben
und nie geliebt werden.
Du wirst nie erfahren,
Freunde zu haben
und ganz zu einem anderen
Menschen zu gehören.
Du wirst nie Zärtlichkeit spüren
und nie neues Leben schenken.
Du wirst nie merken,
wie die Zeit vergeht
und wie du älter wirst.
Du wirst nie die Falten
in deinem Gesicht sehen
und nie auf dein Leben
zurückblicken können.
Aber sterben,
Kind,
sterben wirst du schon morgen.

Monika Schlieter

DER JUNGE HINTER DER SCHWARZEN MASKE

Eine Geschichte aus Nordirland

Die Schatten des halbzerfallenen Hauses werden länger. Aber Terry hockt noch immer auf den Kellerstufen und wagt nicht einmal, einen Blick in die Runde zu werfen. Der Schreck sitzt ihm noch in allen Knochen.
»Stehenbleiben!« hatte der Soldat gerufen. »Halt! Stehenbleiben!« Aber Terry war weitergelaufen, hatte sich hinter einem Auto versteckt, dann den Eingang des alten Hauses entdeckt... Als er springen wollte, peitschten Schüsse über die Straße. Galten sie ihm? Oder waren die Soldaten hinter einem anderen her?
Ein Jeep der britischen Armee preschte die Straße herauf. Terry mußte verschwinden! Er holte tief Luft und war mit einem großen Satz im Schatten des Hauseinganges. Aber hier ging es nicht weiter. Die Treppe zum ersten Stock war eingestürzt. Es blieb nur der Keller...
Und nun saß er hier schon zwei Stunden und wagte sich nicht wieder nach oben. Dabei war es auf der Straße längst ruhig geworden. Zuerst, da hatte er noch das Stimmengewirr gehört, als der Jeep vor dem Haus anhielt. In der Nachbarschaft mußte es wohl eine Schießerei gegeben haben. Die Soldaten suchten einen Mann, der auf ein Militärfahrzeug geschossen hatte, so entnahm Terry dem Gespräch der Soldaten.
»Wenn wir den Kerl finden, dem zeigen wir's!«
»Aber erst müssen wir ihn haben!«
»Den finden wir, und wenn es die ganze Nacht dauert...«
Dann hatten sich die Stimmen entfernt, und der Jeep war abgefahren. Terry hat keine Ahnung, wie spät es mittlerweile ist.
»Die Eltern werden sich Sorgen machen«, denkt er. »Sie werden glauben, daß mir etwas passiert ist, daß man mich überfallen oder festgenommen hat.« So etwas passiert in Ballymona mehr als einmal am Tag. Terry ist katholisch, und seine Eltern hatten ihn immer wieder gewarnt: »Geh nicht durch die protestantischen Stadtviertel! Besonders nicht, wenn es dunkel wird. Es ist zu gefährlich...«
Und eigentlich hatte Terry auch vorgehabt, rechtzeitig zu Hause zu sein. Nach der Schule war er mit dem Schulbus gefahren, wie jeden Tag, dann jedoch nicht an der Belfaster Straße ausgestiegen, sondern schon zwei Haltestellen vorher, um rasch seine Großmutter im Krankenhaus zu besuchen. Sie war recht alt, und die Ärzte wußten im Grunde wohl nicht, wie sie ihr helfen sollten. Terry mußte ihr von der Schule erzählen. Großmutter deutete auf die Tageszeitung, die aufgeschlagen auf dem Bett lag.

»Hast du gelesen, was in der Zeitung steht: Gestern sind wieder zwei Polizisten bei einem Attentat in Ballymona ums Leben gekommen. Ist das nicht furchtbar?«
Terry nickte.
»Warum tun die Leute das?«
Die Großmutter seufzte.
»Ich bin eine alte Frau und hier aufgewachsen. Solange ich mich zurückerinnern kann, hat es in unserem Land immer geheißen: die Katholiken wollen, daß Nordirland nicht mehr zu England, sondern zur Republik Irland gehört, weil dort fast alle Leute katholisch sind. Und die Katholiken hier sind arm und glauben, daß die Protestanten Schuld daran haben. Immer wieder haben Katholiken und Protestanten gegeneinander gekämpft, und die Polizei und die englischen Soldaten sind gekommen, um die Schießereien und Bombenanschläge zu beenden, aber das hat nicht viel genützt.«
»Warum vertragen wir uns denn nicht wieder?«
»Ach, weißt du«, sagte Großmutter, »wir kennen uns einfach zuwenig. Wir leben wie Fremde nebeneinander in dieser Stadt. Es gibt viel Angst und viel Mißtrauen. Die meisten Menschen wollen, daß endlich Frieden ist. Aber andere denken nur an Rache und Vergeltung und werfen Bomben oder schießen auf die Soldaten. Und das gibt neuen Haß und neues Blutvergießen.«

Ja, das hatte Großmutter erzählt, und darüber war es so spät geworden, daß Terry erschrak. Sicher würden ihn seine Eltern ausschimpfen! Und deshalb hatte Terry nicht auf den Bus gewartet, sondern war zu Fuß gegangen, um Zeit zu sparen, genau durch jenes Viertel, wo es in den letzten Jahren immer wieder Straßenkämpfe gegeben hatte und wo viele Häuser zerschossen waren.
Und nun saß er im Keller eines dieser Häuser, während die Dunkelheit hereinbrach.
»Was soll ich nur tun?« dachte Terry. Wenn die Soldaten wiederkämen und die Häuser durchsuchten, wie würde es ihm ergehen? Bestimmt würden sie denken: »Der Bursche da, der hat geschossen. Das ist ein Katholik!«
Terry weiß: Die Soldaten hassen die Kinder. Die Kinder bewerfen sie mit Steinen oder schneiden die Reifen ihrer Wagen kaputt. Terrys Bruder Pat hatte sogar eine selbstgebastelte Bombe auf einen britischen Panzer geworfen. Dafür hatten sie ihn eingesperrt. Drei Wochen lang, niemand wußte wo. Als Pat wiederkam, hatte er nur einen Gedanken: »Wenn ich erwachsen bin, klaue ich eine Maschinenpistole und kämpfe bei der IRA!« Die IRA, das ist die geheime Irisch-Republikanische Armee, die im Untergrund gegen die englischen Soldaten und gegen die

Protestanten kämpft. Terry kennt viele Jugendliche, die heimlich Verbindung zur IRA haben. Manche sind mächtig stolz darauf...
Terry zuckt zusammen. In der Kellertür taucht ein Schatten auf! Ein Gesicht, eine Maske, zwei dunkle Augenhöhlen! Terry schreit, wirft sich zur Seite. Der Schatten fällt über ihn. Sie kämpfen beide miteinander auf dem dreckigen Kellerboden. Terry schlägt mit den Fäusten zu, tritt mit den Füßen. Aber sein Gegner ist stärker. Er packt Terrys Arme, preßt sie auf den Boden, kniet sich über ihn. Terry schreit noch immer.
»Sei still, die Soldaten hören uns!« sagt die Stimme. Es ist eine helle Jungenstimme. Terry verstummt. Die Maske wird heruntergezogen.
»Wer bist du?« fragt der andere.
»Geht dich nichts an«, knurrt Terry verbissen.
»Und was machst du hier?«
Terry schweigt.
»Suchen sie dich?«
Er schüttelt den Kopf.
»Was willst du denn hier?« will er statt dessen von seinem Gegner wissen.
»Wir wohnen hier«, sagt der andere, »das heißt: bis die Bombe hochging, wohnten wir hier. Das war unser Haus. Du hast nichts in diesem Keller zu suchen.«
»Laß mich los«, bittet Terry, »ich verschwinde sofort, wenn du mich losläßt.«
Der andere schüttelt den Kopf.
»Geht nicht. Du hast unser Hauptquartier gesehen. Und wer unser Hauptquartier gesehen hat, der muß sterben.«
»Welches Hauptquartier?« fragt Terry, der plötzlich wieder Angst bekommt.
»Das geht dich nichts an. Aber du warst in diesem Keller...«
»Ich sag' kein Sterbenswort«, verspricht Terry, »ehrlich! Du kannst mir vertrauen!«
Der andere mustert ihn nachdenklich. Er scheint Terry nicht zu glauben. Doch dann springt er plötzlich auf und gibt Terrys Arme frei.
»Komm! Ich bring' dich hier raus. Du kannst nicht über die Straße. Da sind die Soldaten. Ich weiß einen anderen Weg.« Sie klettern über Schutt und Geröll. Der fremde Junge voraus, Terry, so gut er kann, hinterher.
Einige Minuten später stehen sie in einer Toreinfahrt auf der anderen Seite des Häuserblockes. Die Straße ist leer.
»Wenn du da drüben weitergehst, erreichst du die Belfaster Straße«, sagt der Junge.
Terry will ihm die Hand reichen und »danke« sagen.

Der andere weicht der ausgestreckten Hand und Terrys Blick aus.
»Bist katholisch, was?« meint er gedehnt.
Terry nickt.
»Hättest du mich losgelassen, wenn du's gewußt hättest?«
Der andere zuckt die Schultern.
»Weiß nicht«, sagt er, »hau ab, ehe ich mir's anders überlege!«

Wolfgang Poeplau

ÖSTLICH VON EDEN IM LANDE NOD
(Genesis 4,9 und 16)

Ein Krüppel,
erschossen in seinem Rollstuhl
und ins Meer geworfen,
weil sie das Schiff kaperten,
um ihre Vorstellungen
von Freiheit und Gerechtigkeit
zu demonstrieren.

Drei Passagiere,
umgebracht in der Maschine,
weil sie mit Gewalt
ihr Recht
durchsetzen wollten.

Eine Bankangestellte,
umgekommen im Dienst,
damit sie am Ende
eintausend Mark
erbeutet hatten.

Vierzehn Menschenkörper
zerfetzt in der Wartehalle,
weil sie
mit der Bombe im Koffer
die ständige Anwesenheit
ihrer Macht
unter Beweis stellen wollten.

Einer von dreien,
getötet,
weil er im einsamen Schiff
schutzlos und wehrlos
gegen neue Atomversuche
protestieren wollte,
und sie ihre Hoheitsrechte
und ihre Sicherheitsgrenzen
verletzt sahen.

Schuldloses
Sterben.
Sinnloser
Tod.
Östlich von Eden
im Lande Nod.

Da könnten Steine
noch menschlicher sein.
»Wo ist dein Bruder Abel,
Kain?«

Rolf Krenzer

KYRIE ELEISON

Sie waren alle zum Friedhof gekommen, als die beiden Kinder beigesetzt wurden. Die Nachricht von ihrem Tod hatte in dem Dorf Entsetzen ausgelöst, erbarmungslose Trauer und hilflose Wut. Bisher hatten sie von Gewalt und Terror nur in den Zeitungen gelesen. Die Meldungen des Fernsehens gelangten zwar in ihre Wohnzimmer, blieben aber doch draußen vor dem Dorf, waren Weltereignisse. Der Pfarrer sprach von der Sinnlosigkeit dieses Todes und konnte nicht weitersprechen, weil ihm die Tränen die Stimme erstickten. Sie wußten zudem auch alle, was geschehen war.

Christian, der Siebenjährige, hatte für das neue Schuljahr Hefte gebraucht, Buntstifte, Wasserfarben und einen Füller. Da war seine Mutter mit ihm und der kleinen Schwester in die Stadt gefahren. Es gab so viele Kleinigkeiten, die sie in dem großen Kaufhaus besorgen wollten. Bei dem Terroranschlag auf das Kaufhaus wurden fünf Menschen getötet. Darunter zwei Kinder, drei und sieben Jahre alt. Siebzehn Menschen wurden verletzt. Die Kinder tot, und die Mutter noch immer bewußtlos in der Klinik.

Der Vater stand zwischen seinen Brüdern vor den beiden kleinen Gräbern, in die sie nun die Kindersärge hinabsenkten. Er rührte sich nicht. Sein Gesicht war erstarrt, wie versteinert, tot. Als der Pfarrer zu ihm ging, schrie er vor Schmerz und Wut: »Warum läßt Gott das zu? Warum müssen Unschuldige sterben? Wo ist Gott? Wo war Gott, als die Kinder ermordet wurden?«

Seine Brüder versuchten, ihn festzuhalten, redeten leise auf ihn ein, drängten ihn zurück von den beiden offenen Gräbern. Sein Schrei stand in den Gesichtern der Trauergemeinde, die sich hier zusammengefunden hatte. Seinen Schmerz trugen alle mit. Sie teilten auch seine unbändige, hilflose Wut. Und der Pfarrer war einer von ihnen. Als er den Mann in die Arme nahm, weinte er. Doch der Vater der beiden Kinder nahm es nicht wahr. Sein Gesicht war wie erstarrt, wie versteinert, tot.

»Habt ihr Nachricht aus der Klinik?« fragte jemand. Einer der Brüder schüttelte nur kurz schweigend den Kopf.

»Kyrie eleison! Herr, erbarme dich!« sang der Kirchenchor.

Die Stimmen der Sänger wurden immer dünner, leiser... und erstarben.

Rolf Krenzer

WIE FEUER UND WASSER

Du weißt:
Das Feuer züngelt mit heißer Gewalt.
Die Flammen lodern und schnappen.

Du weißt:
Das Wasser gurgelt so wild und eiskalt.
Die Wellen schwingen und schwappen.

Nur Haß,
wenn diese ewigen Feinde einmal
zusammentreffen und streiten.

Nur Haß
und Lust dem andern Schmerz und Qual
und frühen Tod zu bereiten:
Das Feuer verlischt.
Das Wasser verzischt.

Aber:
Frieden zu stiften
zwischen den Elementen ist möglich.
Ja, wirklich.
Wie:
Das glaubst du nicht?
Dann mache ein Experiment:
Zünde ein kleines Feuer an.
(Auf dem elektrischen Herd klappt es auch,
doch macht das längst nicht so viel Spaß
wie im Freien, lieber Indianer!)
Häng drüber den blanken Kessel
am Dreibein aus Eisen,
mitten über die Flammen,
und fülle ihn halbvoll mit Wasser.

Siehst du:
Nichts schwappt und zischt.
Und nichts verlischt.

Dann schneide hinein, in das Wasser,
was dir als Suppe schmeckt,
und wirf auch duftende Kräuter hinein.

Siehst du:
Die dünne Schicht aus Metall
wirkt Segen als Friedensspender:
Beide können einander nichts tun,
die beiden groben Gewalten:
Sie kochen dir köstliche Speise.
Bald riechst du würzigen Duft.

Wie ein Zauberer kommst du dir vor:
Wie einer, der Gutes erzaubert
im Dampf und im Brodeln.
Ach, wäre doch jemand überall,
wo Feuer und Wasser –
Menschen mit Menschen
streiten,
wie dieser Kessel aus Metall,
den Frieden zu bereiten.

Rudolf Guder

DER MAX VON GEGENÜBER HAT GESAGT

Du, Gott dort oben!
Der Max von gegenüber hat gesagt,
bald gibt es keine Menschen mehr auf unsrer Erde.
Er hat gesagt, die Atombomben werden uns wegputzen.
Und wenn die nicht losgehen, hat er gesagt,
dann krepieren wir am vergifteten Leitungswasser.
Wenn wir auch das überleben sollten, hat er gesagt,
ersticken wir an der verschmutzten Luft.
Sollten wir, wie ein Wunder, sogar den Mief überstehen,
sterben wir mit dem Wald, hat er gesagt,
oder die Seuche erwischt uns, die jetzt umgeht,
oder die Hungernden aus der Dritten Welt kommen über uns.
Jedenfalls ist sicher, hat er gesagt,

daß wir, er und ich
und alle aus seiner und meiner Klasse,
nicht alt werden.

Kannst du dir das vorstellen, du da oben?
Aber der Max, der muß es wissen.
Der ist ja schon im siebten Schuljahr.
Und er hat's von seinen Eltern.
Die sprechen mit ihm über so was.
»Hör nicht auf ihn«, hat meine Mutter gesagt,
»der macht nur Panik.«
Ich hab' niemanden, mit dem ich über das alles
reden könnte, außer Max — und dich dort oben.

Du, Gott, ich hab' zuerst nicht eingesehen,
warum Schluß sein soll mit den Menschen.
Ich hätte doch so gern sehr lange gelebt,
hundert Jahre oder mehr, wie der alte Russe
auf Mutters Knoblauchpillenschachtel.
Aber der Max hat mir alles erklärt, warum die Menschen
aussterben werden und aussterben müssen.

Du, Gott, du wirst schon deine Gründe dafür haben,
wenn es wirklich so kommt, wie der Max gesagt hat.
Aber bitte sei so gut und nimm die Angst von mir
und mach, daß ich mich danach sehne, bei dir zu sein,
sicher, daß mir nichts mehr, gar nichts mehr
geschehen kann, dort oben auf deinem Schoß.

Gudrun Pausewang

RAHELS KLAGE
(Matthäus 2,16—18)

Sie sind in mein Haus gekommen.
Sie hatten das Schwert und die Macht.
Sie haben mein Kind mitgenommen
und haben es umgebracht.
Ich hielt es in meinen Armen.
Sie nahmen es mit Gewalt.
Sie töteten ohne Erbarmen.
Und es war erst zwölf Monate alt.
Kyrie, kyrie, kyrie eleison.

Sie kamen, mein Kind zu ermorden.
Es bleibt nur die trostlose Not.
An Schuldlosen schuldig geworden.
So sinnlos ist dieser Tod.
Ich schützte es mit meinen Armen.
Sie nahmen es mit Gewalt.
Sie töteten ohne Erbarmen.
Und es war erst zwölf Monate alt.
Kyrie, kyrie, kyrie eleison.

So kam über Nacht der Winter.
Die Rosen erfroren im Frost.
Wir weinen um unsere Kinder
und finden doch keinen Trost.
Wir schützten sie mit den Armen
und schrien vor Wut und Not.
Sie packten sie ohne Erbarmen.
Unsre Kinder, sie sind alle tot.
Kyrie, kyrie, kyrie eleison.

Rolf Krenzer

LIED AUS ISRAEL

In unserm Land
sinken die Tage,
die hellen Tage,
jäh
in den dunklen Schoß der Nacht,
und die Sommer vergehen
ohne Übergang in den frostigen Wassern,
in denen noch das Herbstlaub treibt.

In unserm Land
stürzen die Männer,
die jungen Männer,
jäh
in das Dunkel blutiger Lachen,
und die jungen Mädchen
aus der Blüte ihres ersten Sommers
in die eisige Kälte
der Trauer.

In unserm Land
fällt der Frieden,
der heiß ersehnte,
nur in unseren Träumen ein.
Die Dämmerungen werden heller,
und das Lachen unserer Kinder
erfüllt unser Herz
wie ein strahlend heiterer
Sommermorgen.

Barbara Cratzius

(Nach einem englischen Text
von E. Kimor, Israel)

GLEICHNIS VON DER VERLORENEN HAND

Als die Hand beim Vater war,
war die Hand noch gut.
Und es machte diese Hand
andern Händen Mut.
Als die Hand beim Vater war,
war die Hand noch gut.
Und es wußte eine Hand,
was die andre tut:
streicheln, pflegen,
trösten, hegen,
helfen, schützen,
heben, stützen,
nehmen, geben,
eben
leben.
Und so machte diese Hand
andern Händen Mut.
Als die Hand beim Vater war,
war die Hand noch gut.

Als die Hand sich losgelöst,
weil sie's so gewollt,
da geschah's, daß sie vergaß,
was sie tuen sollt.
Ohne Vater war es ihr
elend bald zumut.
Als die Hand sich losgelöst,
war sie nicht mehr gut:
gierig greifen,
sich versteifen,
raffen, stehlen,
schlagen, quälen
und verderben,
eben
sterben.
Zupacken und loslassen.
Sie zerstört sogar.
Ohne Vater weiß die Hand
nicht mehr, wer sie war.
Ohne Vater weiß die Hand
nicht mehr, was sie tut.
Als die Hand sich losgelöst,
war sie nicht mehr gut.

Arm und traurig steht die Hand
in der Welt allein.
Und so schlägt sie voller Wut
nun als Faust auf alles ein.
Ich bin die verlorne Hand,
die an sich zerbricht.
Ich tu das, was ich jetzt tu,
und ich will es nicht.
Ich bin die verlorne Hand,
endlos einsam noch.
Was ich tue, will ich nicht...
und ich tu es doch...
Ich bin die verlorne Hand.
Schaut mich doch nur an!
Helft doch, daß die arme Hand
wieder gut sein kann!

Rolf Krenzer

GOTT SCHICKT SEINEN STERN ZU JEDEM

über kleiner Hütte, Freunde
über großem Haus
träumt der gleiche Himmel
Gott schickt seinen Stern
zu jedem aus

Essen und Lieder wollen wir teilen
dann werden Hunger und Hochmut heilen
Arbeit und Ernte wollen wir teilen
dann wohnen Lachen und Lieben bei uns

über kleiner Hütte, Freunde
über großem Haus
träumt der gleiche Himmel
Gott schickt seinen Stern
zu jedem aus

Träume und Spiele wollen wir teilen
dann werden Ängste und Habgier heilen
Feste und Trauer wollen wir teilen
dann sehen alle auf Erden den Stern

über kleiner Hütte, Freunde
über großem Haus
träumt der gleiche Himmel
Gott schickt seinen Stern
zu jedem aus

Christa Peikert-Flaspöhler

TRAUM GEGEN DEN KRIEG

sagst du zum krieg:
krieg, geh nach haus,
ich habe keine lust!
dann geht dem krieg die puste aus.
hast du das schon gewußt?
er hockt und brütet jederzeit
und hofft auf streit und haß.
und stehn raketen aufgereiht,
dann riecht er schon etwas,
und sind soldaten auch soweit,
dann hat er seinen spaß.

sagst du zum krieg:
krieg, geh nach haus,
ich habe keine lust!
dann geht dem krieg die puste aus.
hast du das schon gewußt?
er hockt und brütet jederzeit
und hofft auf streit und haß.
und sind die bomben auch soweit,
dann riecht er schon etwas,
und die kanonen schußbereit,
dann hat er seinen spaß.

der krieg hat streit
und leid und haß
und böses nur im sinn.
wir kennen ihn und wissen das
und gehen gar nicht hin.
wenn wir ihm eine nase drehn
und mutig sagen: NEIN!
dann muß der krieg nach hause gehn
und geht vor ärger ein.

Rolf Krenzer

INHALT

Mit den Stimmen der Vögel rufst du uns

Gottes Schöpfung erfahren und erleben

Habt acht auf Gottes Welt
Uns anvertraut — unserer Fürsorge übergeben

Im Land Gedankenlosigkeit

Nichtigkeiten — Wichtigkeiten — Wünsche — Träume

Im Nebel der Ort, an dem ich stehe
Leben und Tod